Remo Kroll und Frank-Rainer Schurich

Die Tote von Wandlitz

W0353379

Remo Kroll, geboren in Burg bei Magdeburg, ist langjähriger Angehöriger der Berliner Polizei und widmet sich der Historie der Kriminalpolizei und der Morduntersuchung in der DDR. Er ist Mitherausgeber der Schriftenreihe »Polizei. Studien zur Geschichte der Verbrechensbekämpfung«, darüber hinaus hat er vielfach publiziert, u. a. *Die Kriminalpolizei im Ostteil Berlins 1945–1990* (2012) sowie *Morduntersuchung in der DDR* (2014, zus. m. Ingo Wirth).

Frank-Rainer Schurich lehrte als ordentlicher Professor für Kriminalistik an der Humboldt-Universität zu Berlin; seit 1994 ist er freier Autor. Regelmäßig arbeitete er bei der Berliner Kripo. Er legte zahlreiche Publikationen vor, zuletzt bei Bild und Heimat *Darauf können Sie Gift nehmen. Kleines Kuriositätenlexikon der Kriminalgeschichte* (2013).

Remo Kroll und Frank-Rainer Schurich

Die Tote von Wandlitz

und zwei weitere authentische Kriminalfälle
aus der DDR

Bild und Heimat

Von Remo Kroll und Frank-Rainer Schurich liegt bei Bild und Heimat außerdem vor:

Tötungsdelikt Gisela G. und zwei weitere authentische Kriminalfälle aus der DDR (2016)

ISBN 978-3-95958-009-0

2. Auflage 2016
© 2015 by BEBUG mbH / Bild und Heimat, Berlin
Umschlaggestaltung: fuxbux, Berlin
Umschlagabbildung: © arfo, shutterstock
Druck und Bindung: GGP Media GmbH, Pößneck

Ein Verlagsverzeichnis schicken wir Ihnen gern:
BEBUG mbH / Verlag Bild und Heimat
Alexanderstr. 1
10178 Berlin
Tel. 030 / 206 109 – 0

www.bild-und-heimat.de

Inhalt

Vorwort

In unserem Buch *Die Tote von Wandlitz* stellen wir drei spektakuläre Mordfälle aus der DDR vor, die alle einen Bezug zur Gegend um die Gemeinde Wandlitz haben. Auf der Basis der Original-Akten haben wir jeweils den Tathergang rekonstruiert, die Ermittlungsansätze analysiert und die zum Teil sehr überraschende Aufklärung der Kriminalfälle dargestellt, die in zwei Fällen erst Jahre nach den Taten selbst in der neuen BRD erfolgte.

Wir haben versucht, die schweren Verbrechen, die 1971, 1987 und 1988 verübt wurden, und deren Aufklärung aus den vielen tausend Puzzlestücken, die sich in den Akten befinden, so zu erzählen, dass diese Geschichten der Wahrheit, die in diesen Fällen verborgen ist, ganz nahe kommen. Aber wir wissen schon, dass auch in den Akten nicht immer die Wahrheit aufgeschrieben worden ist. Das war früher so, und das ist auch heute noch so.

Je dichter wir uns den vergangenen Geschehnissen genähert haben, desto mehr wurde unsere Aufmerksamkeit nachhaltig gefesselt. In der Kriminalerzählung *Adam Urbas* hat der Schriftsteller Jakob Wassermann (1873-1934), der in seinem Werk immer für Gerechtigkeit und Wahrheit eintrat, den Schaffensprozess umschrieben, der uns beim Schreiben, bei unserer Reise in die Vergangenheit magisch in den Bann zog: »Es war, als gingest du an einer Mauer entlang, die aussieht wie alle andern Mauern in der Welt; plötzlich gewahrst du, erst kaum bemerkbar, dann immer deutlicher, gewisse Zeichen und Runen, die zu prüfen ein Etwas dich zwingt; du kommst nicht mehr los, du beginnst Gruppe um Gruppe zu entziffern, und schließlich wird dir eine unerwartete Mitteilung über das verschlossene Gebiet, das hinter dieser Mauer liegt.«

Unser Ziel war es ebenfalls, den Lesern unerwartete Mitteilungen über ein verschlossenes Gebiet zu machen, je nach Betrachtungsweise hinter oder vor der Mauer gelegen, um die alten und neuen Zeiten besser verstehen zu können.

Die Namen der Täter, Opfer und Zeugen sowie einige Handlungsorte haben wir aus personenrechtlichen Gründen verändert. Für die so neu erfundenen Namen erklären der Verlag und die Autoren, dass Personen dieses Namens in den behandelten drei Mordfällen in keinem Fall agiert haben. Übereinstimmungen sind rein zufällig. Dadurch notwendige Namensänderungen und Ergänzungen in Zitaten haben wir in [Klammern] gesetzt.

Die Abbildungen sind bis auf einige Ausnahmen den Akten der BStU entnommen; bei der Nutzung anderer Quellen haben wir im Umfeld des Bildes darauf hingewiesen.

Wir danken allen sehr herzlich, die unser Projekt unterstützt haben, namentlich Frau Brandt von der BStU für die Bereitstellung der Akten, Herrn Dipl.-Krim. Hans Becker für die wichtigen Hinweise zum Fall des MfS-Oberleutnants Werner Maschke und Herrn Dipl.-Krim. Bernd Bories für die erhellende Mitarbeit bei den Fällen Maria Meißner und Gerhard Herdegen. Die Letztgenannten waren damals an der Untersuchung dieser Kriminalfälle beteiligt, was für uns von großem Wert war. Herr

Dipl.-Biol. Dr. Detlef Kauczinski, Sachverständiger für Forensische DNA-Analytik beim Landeskriminalamt Mecklenburg-Vorpommern, gab uns wesentliche Hinweise zum Kapitel der DNA-Spuren, insbesondere für die Geschichte *Tod am Autobahnsee.*

In diesem Buch treten keine alles wissenden Kriminalisten auf, aber zumeist schon solche, die fachlich sehr gut ausgebildet der Aufdeckung und Aufklärung von Straftaten und damit der Wahrheit verpflichtet sind. Wir fragen nach dem Täter und seinen Motiven, nach dem oder den Opfern und nach den taktischen Fehlern, die bei der Untersuchung dieser Tötungsdelikte gemacht wurden. Und wir beweisen, dass Mord und Totschlag immer zum Weg ins Nichts führen und sich Verbrechen (doch) nicht lohnen.

Remo Kroll und Frank-Rainer Schurich

Tod am Autobahnsee

Es gibt Wahrheiten, die wir herbeisehnen, und solche, vor denen wir uns fürchten müssen.

Was an diesem 1. Juli 1988 geschehen sollte, war nicht vorhersehbar, eigentlich undenkbar, und doch gab es plötzlich geheimnisvolle Tatsachen, die man nicht leugnen, verdrängen und schon gar nicht verdrehen konnte. Es war halt alles so passiert. Den nackten Tatsachen konnte auch niemand mehr etwas hinzufügen. Das Unglaubhafte war plötzlich, ganz plötzlich glaubhaft geworden.

Doch der Reihe nach.

Eigentlich begann alles mit einem deutsch-deutschen Projekt, nämlich mit dem Bau der Transitautobahn von Berlin nach Hamburg, die zur Voraussetzung hatte, dass auch der nördliche Berliner Ring, der auf dem Gebiet der DDR im Bezirk Potsdam lag, fertiggestellt werden musste. So entstand ab den 1970er Jahren durch die Förderung von Kies nordöstlich der Stadt Velten ein etwa zwölf Hektar großer See, der zunächst Autobahnsee Velten-Pinnow genannt wurde.

Er hieß deshalb so, weil er genau zwischen der Stadt Velten und der Ortschaft Pinnow lag, die nun von der Autobahn getrennt wurden, aber eigentlich gehörte er weder zu Pinnow noch zu Velten, sondern zur Gemeinde Hohen Neuendorf.

In dem Buch *Baden ohne. FKK zwischen Mövenort und*

Talsperre Pöhl von Friedrich Hagen (VEB Tourist Verlag Berlin und Leipzig 1982) liest sich das so:

»Der Autobahnsee Velten-Pinnow liegt südlich des Berliner Autobahnringes direkt an der Anschlussstelle Velten, langgestreckt neben dem Damm, dem er seine Existenz verdankt. Beim Bau der Autobahn wurde hier der Sand für die neue Trasse gewonnen.

Das große Loch, das dabei gebaggert wurde, ist nun ein See, mit dem sich ein Zweckverband beschäftigt. Dieses blaue Rechteck von etwa 300 m mal 600 m brachte Velten in jüngerer Zeit bedeutend öfter ins Gespräch, als die Ofenkacheln, die es im Wappen führt. Jedenfalls unter Badelustigen.

Im Viereck Oranienburg – Birkenwerder – Velten – Hennigsdorf wurde die Erholungslandschaft für die Sommersaison bedeutend belebt. Havel, Lehnitzsee und die dazugehörigen Kanalarme können alle zusammen nicht so viele Badebedürfnisse decken, wie das Baggerloch in der Niederheide. Es ist auf dem besten Wege, das beliebteste Baderevier im Nordwesten der Hauptstadt [der DDR] zu werden. Nicht zuletzt auch wegen des sonnigen FKK-Strandes mit großer sandiger Strand- und Liegefläche, zu dem etwa zwei Fünftel der gesamten Uferlinie mit Badebetrieb gehören. Teile von Textil- und FKK-Strand werden von Rettungsschwimmern beaufsichtigt …

Zwischen Berlin und Plau/Malchow, Richtung Norden nach Rostock, und Erkner mit Grünheide im Osten der Hauptstadt, gibt es keine andere Badegelegenheit so nahe an der Autobahn und schon gar nicht mit FKK-Strand.«

Eine Karte lieferte das Buch gleich mit:

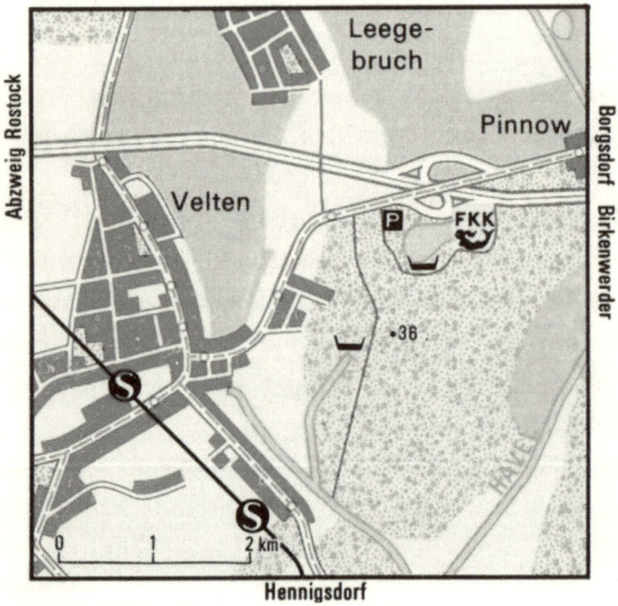

Seit 2008 heißt dieser See nun Bernsteinsee (der jetzt in die Stadt Velten eingemeindet wurde), und hier befindet sich heute, wie die Werbetexte verraten, eine für die Region einzigartige Wasserski- und Wakeboardanlage.

Wir müssen nicht erklären, was Wakeboard ist, denn als das geschah, über das wir berichten wollen, gab es eine solche einzigartige Anlage dort noch nicht, sondern nur bescheidene Tretboote, Strandkörbe, Liegestühle, Luftmatratzen und allerlei Spielgerät, die oder das man sich ausleihen konnte. Und natürlich fanden die Besucher eine Gaststätte auf dem Gelände vor, die leicht egozentrisch »Seeperle« hieß. Und an der Hauptbadestelle gab es sogar ein komplettes Sanitärgebäude, während man in FKK-Strandnähe mit Trockentoiletten vorlieb nehmen musste.

Und es gab natürlich Schwimmmeister, die auch Bademeister genannt wurden, die aufmerksam darüber wachten, dass nichts passierte am wunderschönen Autobahnsee zwischen Velten und Pinnow.

So hat unsere Geschichte auch damit zu tun, dass sich Hans Stolpe um eine Stelle als Bademeister beim Zweckverband Autobahnsee Velten-Pinnow mit Sitz in Borgsdorf, Veltener Chausee 6, bewarb – und diese Stelle bekam. Als Rettungsschwimmer war er für diesen Job hervorragend qualifiziert.

In Borgsdorf gab es nicht nur die Zentrale des Zweckverbandes, sondern auch eine Station der Berliner S-Bahn, und wenn man mit öffentlichen Verkehrsmitteln zum Autobahnsee wollte, war es von Berlin aus am günstigsten, dort auszusteigen und zum See zu laufen, aber es gab auch eine Buslinie, die zum vielleicht vier Kilometer entfernten DDR-Badeparadies fuhr.

Einen Kiessee gibt es auch bei der Ortschaft Börnicke, rund 20 Kilometer westlich von Velten. Nicht so schön, nicht so gut zu erreichen, aber auch ein Eldorado für Schwimmer und Bader. Hans-Ulrich Uhlenhorst aus Grünefeld, der östlichen Nachbargemeinde von Börnicke, fand am 2. Juli 1988 verdächtige Damenbekleidungsstücke am Kiessee. Nach Kontakt mit dem zuständigen Abschnittsbevollmächtigten (ABV) der Deutschen Volkspolizei suchten Uhlenhorst und der Leutnant der VP,

Herbert Friedrichsen vom Volkspolizeikreisamt (VPKA) Nauen, also von der zuständigen Behörde, einen Tag später die besagte Stelle auf. Die aufgefundene Kleidung war durchnässt und wurde teilweise von einem Baum am See gesichert und mitgenommen. Dabei handelte es sich um die folgenden Bekleidungsstücke:

1. grau-violett, mehrfarbig karierter Rock mit weißem Reißverschluss – Größe 140 vom VEB Kinderbekleidung Groß Röhrsdorf,
2. hellrosafarbene dünne, ärmellose Bluse, hinten verschließbar, Knopfleiste ohne Knöpfe, Größe 42 mit Spitzeneinsatz,
3. hellrosafarbenes kurzes Damenunterkleid, ärmellos, mit Spitze besetzt,
4. hautfarbener BH, mit rosafarbenem Plastverschluss auf dem Rückenteil, unbeschädigt,
5. schwarzer, geblümter Damenslip, unbeschädigt, Silastik,
6. zwei bräunliche Strumpfhosen,
7. eine rechte schwarze Damensandalette mit Riemchen, Pfennigabsatz, Marke »Goldpunkt«, Größe 26,5,
8. eine linke schwarze Damensandalette mit Riemchen, Pfennigabsatz, Marke »Goldpunkt«, Größe 25, ähnliches Modell wie unter 7. aufgeführt.

Dieser Aufzählung ist erklärend hinzuzufügen, dass das Kunstwort Silastik in der DDR eine beliebte elastische Texturseide aus Dederon, einem Polyamidfaserstoff, beschrieb – mit hervorragenden Trageeigenschaften. Und auch das Wort Plastverschluss ist ein typisches DDR-Wort und bedeutete einen nichtelastischen Kunststoff. War der Kunststoff elastisch, hieß er Elaste. Das Wortpaar Plaste und Elaste war damals in aller Munde und verrät heute nur noch den DDR-Bürger, vor allen Dingen wenn er weiß, dass diese Plaste und Elaste aus Schkopau kamen.

Die Bekleidungsstücke, deren Herkunft unklar war, wurden der Kriminalpolizei in der Bezirksbehörde der Deutschen Volkspolizei (BDVP) Potsdam zur Aufbewahrung übergeben. Die Merkwürdigkeiten in der Zusammensetzung der gefundenen Sachen sind damals wohl thematisiert worden, nicht aber in den Protokollen dokumentiert. Immerhin fand Herr Uhlenhorst aus Grünefeld Schuhe und Kleidungsstücke mit unterschiedlichen Größen.

Aus heutiger Sicht ist bemerkenswert, dass der Bürger den Fund sofort meldete und nicht einfach, wie heute üblich, wegschaute. Er wusste zwar nicht, wie die Sachen an den Kiessee bei Börnicke gekommen waren, aber irgendwie musste er doch eine Ahnung gehabt haben, dass vielleicht etwas Schreckliches passiert ist ...

Am 4. Juli 1988, an einem Montag, verlief der Tag am Autobahnsee ruhig und ohne Vorkommnisse. Alle hatten alles im Griff: der Schwimmmeister und die Rettungsschwimmer, die Angestellten und Zeithilfen, die in verschiedenen Funktionen dort arbeiteten, die Mitarbeiter der Gaststätte »Seeperle«, die nett, freundlich und schnell ihre Getränke und Speisen servierten. Die Welt schien in Ordnung zu sein an diesem Montag.

Hans Stolpe, der Schwimmmeister, wohnte mit seiner Familie nur fünf Minuten vom Autobahnseebad entfernt in Borgsdorf. Auch familiär schien die Welt in Ordnung zu sein. Seine Frau, die sich gerade im Mütterjahr befand, hatte wie er Arbeit, die beiden größeren Kinder lernten fleißig in der Schule, und zu seinen Geschwistern und zur Familie seiner Frau pflegten sie herzliche Beziehungen. Wenn Hilfe notwendig war, half man sich sofort.

Seine Schwester wohnte mit ihrer Familie in Berlin, in Hohenschönhausen in der Werneuchener Straße. In der Hauptstadt der DDR zu wohnen, hatte schon immer versorgungstechnische Vorteile, und wenn die Borgsdorfer Familie etwas Besonderes benötigte, reichte ein Telefonat mit den Berlinern, und die Dinge wurden besorgt. Wichtig war zum Beispiel eine Mitteilung, wann es in der »Jugendmode« in der Brüderstraße im Stadtbezirk Mitte wieder Levis-Jeans aus dem Westen gab. Dann fuhren sie natürlich selbst dorthin, denn die Hosen sollten ja nicht nur aus dem Westen sein, sondern vor allen Dingen auch passen.

Anlässlich eines solchen Versorgungsengpasses rief Regina Stolpe am 4. Juli 1988 in den Nachmittagsstunden, gegen 16.30 Uhr, ihre Schwägerin in Berlin an und erreichte sie in ihrem Büro. Sie konnten sich nur kurz verständigen, da der Chef der Schwägerin schon hinter ihr stand und mit einer dienstlichen Frage drängte. Sie versprach kurz und knapp, sich um die Angelegenheit zu kümmern. Regina Stolpe wollte schon den Hörer auflegen, als ihre älteste Tochter noch in das Gespräch ihrer Mutter hineinrief: »Und schöne Grüße an Maria!«

»Ja«, sagte Frau Stolpe, etwas genervt zur Tochter gewandt, »na klar, schöne Grüße an Maria.«

»Wieso an Maria?«, fragte die Berliner Schwägerin etwas überrascht. »Die ist doch gerade bei euch. Ich wollte gerade fragen, wie es ihr geht bei euch.«

Nach einer kleinen Pause erwiderte Regina Stolpe auch recht verwundert: »Nein, die ist nicht bei uns. Ganz sicher. Sie hatte zwar gesagt, dass sie *vielleicht* am Freitag nach der Zeugnisausgabe kommt … Aber hier ist sie nicht. Sie ist nicht gekommen. Ganz bestimmt.«

Die Pause, die nun entstand, gehörte zu denen der ungewissen und schrecklichsten Art. Betroffenheit und Angst machten sich breit. Plötzlich war für die beiden Frauen die Welt überhaupt nicht mehr so, wie sie einmal war. Die Frage des Chefs war nun urplötzlich eine Nebensächlichkeit geworden.

»Aber, Maria ist am Freitag nach der Zeugnisausgabe zu euch gefahren, sie muss doch bei euch sein.« Dies war der letzte hilflose Versuch von Marion Meißner, die bange Wahrheit, vor der sie sich immer gefürchtet hatte, nicht eintreten zu lassen in ihr Leben, das bisher völlig in Ordnung war. »Nichts bringt uns auf unserem Weg besser voran als eine Pause«, hatte sie neulich als Spruch in der *Berliner Zeitung* gelesen, aber auf diese Pause hätte sie liebend gern verzichtet, weil sie ahnte, dass diese sie nicht auf ihrem Weg voranbringen wird. Im Gegenteil. Die Welt hatte sich drohend verdunkelt.

Die Eltern der 13-jährigen Maria Meißner verabredeten sich sofort und fuhren mit ihrem Auto zu den Stolpes an den Autobahnsee, weil sie nicht glauben wollten, was sie eben vernommen hatten. Aber Maria war dort wirklich nicht auffindbar. Auch in der Umgebung nicht, die sie sogar bis zum dunklen Wald absuchten.

Vorwürfe, warum die Stolpes sich nicht gemeldet und nachgefragt haben, wo Maria denn bleibe, brachten auch keine Klärung. Maria kam in der Vergangenheit oft unangemeldet, sie war bei den Stolpes immer gern gesehen. Und auch dieser Besuch von Maria war mit ihren Eltern eher vage ausgemacht worden, so dass sich Regina und Hans Stolpe dachten, dass wohl etwas dazwischengekommen sei, als Maria nicht eintraf. Auf jeden Fall gab es wohl keine Veranlassung, bei den Eltern nachzufragen, warum Maria nicht erschienen war.

Sie hatte vom 20. bis zum 25. Juni 1988 am Veltener Autobahnsee einen Rettungsschwimmerlehrgang absolviert, den der Onkel leitete. Inhalt des Kurses war eine DRK-Ausbildung, weiterhin wurden Abwehrgriffe in den unterschiedlichen Situationen im Trockentraining, aber auch im Wasser geübt. Schwimmen, Tauchen, Abschleppen und Rettungsübungen gehörten zum Pflichtprogramm. Geübt werden mussten auch unterschiedliche Knoten: der Dreiecksknoten, der Palstek mit unverschiebbarer Schlaufe, der Schotstek (mit diesem können zwei Seilstücke miteinander verbunden werden) und ein Befestigungsknoten. Trainiert wurde mit Seilstücken, und die anderen Teilnehmer, die eine höhere Rettungsschwimmerstufe anvisierten, mussten natürlich noch kompliziertere Knoten beherrschen.

Die Kurse fanden von 17 bis 19 Uhr statt, also nach der Schule. Maria war mit öffentlichen Verkehrsmitteln zum

Autobahnsee gekommen, und ihr Vater hatte sie in dieser Woche mit dem Auto abgeholt, damit Maria schnell wieder zu Hause war, denn am nächsten Tag war ja wieder Schule. Am 25. Juni, am Tag der Prüfung, hatte sie einen Tag frei bekommen. An diesem Tag hatte Maria, zusammen mit Susanne, der Tochter des Onkels, die Rettungsschwimmerstufe I abgelegt, nach Vollendung des 14. Lebensjahres hätten sie als Strandaufsicht eingesetzt werden dürfen. Das waren ja für die beiden wundervolle Aussichten!

Aber in der ersten Ferienwoche ab dem 1. Juli 1988 wollte Maria einfach nur Urlaub bei Onkel und Tante machen – und vor allen Dingen mit der gleichaltrigen Susanne Stolpe, ihrer besten Freundin, viel Spaß haben und über die Zukunft plaudern, die in diesem Sommer 1988 weit ausgebreitet vor ihnen lag.

Maria hatte im Juni schon gesagt, dass sie gern am 1. Juli unmittelbar nach der Zeugnisübergabe wiederkommen würde. Der Onkel hatte erwidert, dass sie gern kommen kann, wenn ihre Mutter es erlaubte. Auch die anderen Teilnehmer am Rettungsschwimmerlehrgang hatten gewusst, dass Maria vielleicht am 1. Juli 1988 am Nachmittag wieder am Autobahnsee eintreffen würde. Eben vielleicht.

Die Eltern von Maria, deren Gesichtszüge nun die Zeichen eines großen Unglücks trugen, erstatteten in großer Aufregung noch in den Abendstunden des gleichen Tages eine Vermisstenanzeige in der Volkspolizeiinspektion Berlin-Hohenschönhausen. Die Anzeige erhielt die Tagebuchnummer 952/88.

Maria hatte am Freitag, an diesem 1. Juli 1988, gegen 14 Uhr die elterliche Wohnung mit der Absicht, bis zum 6. Juli einen Teil der Ferien am Autobahnsee zu verbringen, verlassen. Sie wurde letztmalig von ihrer Mutter gesehen, als diese Maria vom Balkon aus nachsah, wie sie zur Straßenbahnhaltestelle der Linie 63 ging. Maria wollte eigentlich schon längst auf dem Weg sein, aber an diesem Zeugnistag kam sie viel später aus der Schule als erwartet. Der Fahnenappell hatte sich verzögert. Maria drängelte, denn sie wollte so schnell wie möglich zum Veltener Autobahnsee aufbrechen. Marion Meißner packte die Tasche und legte auch ein Maskottchen hinein. Das sollte Maria Glück bringen …

Die Eltern beschrieben bei der Volkspolizei Marias Kleidungsstücke, die sie am 1. Juli 1988 getragen hatte: ein roter Rock mit linsengroßen weißen Punkten, eine grüne Bluse mit drei Trägern, weiße Söckchen, weiße Sandalen. Auch die Gegenstände, die sie mitgenommen hatte, und der Inhalt der Tasche wurden aufgelistet. Marion und Hans-Dieter Meißner übergaben der Polizei ein Foto von Maria. Sie wussten zu diesem Zeitpunkt noch nicht, dass verdächtige Damenbekleidungsstücke am Kiessee in Börnicke gefunden worden waren.

Sorgen um ihre Tochter hatten sich die Eltern nie gemacht, denn seit Mai fuhr Maria mit öffentlichen Verkehrsmitteln immer allein zum Autobahnsee. Sie benutzte, wie an diesem 1. Juli, die Straßenbahnlinie 63, dann vom S-Bahnhof Leninallee die S-Bahn bis Borgsdorf. Dann sei sie immer mit dem Bus zum Onkel gefahren oder, wenn dieser nicht fuhr, gelaufen. Meistens traf sie gegen 17 Uhr dort ein. An dem fraglichen Tag fuhr aber kein Bus, wie die Kriminalisten später feststellen konnten.

Hennigsdorf ist eine brandenburgische Stadt, südlich des Autobahnsees gelegen und damals an Westberlin angrenzend. Das Bauelementewerk Hennigsdorf, ein volkseigener Betrieb (VEB), hatte dort, wie der Name schon sagt, seinen Sitz und produzierte auch im Werk III in Bötzow, westlich von Hennigsdorf. Dort arbeitete die 48-jährige Gerlinde Markert als Maschinenarbeiterin. Auch viel später konnte sie sich noch sehr gut an diesen 4. Juli 1988 erinnern. Die Ereignisse dieses Montags, als das Verschwinden von Maria Gewissheit wurde, hatten sich tief in ihr Gedächtnis eingegraben.

Ihr Arbeitstag begann damit, dass der Kollege Paul Schneider auf dem Weg zur Arbeit Folgendes gehört haben wollte. Ein Bekannter hätte ihm gegenüber geäußert, dass er am Wochenende zuvor am Kiessee bei Börnicke guterhaltene Frauensachen gefunden hat. Es war von einem rot-weißen Rock, einer grünen oder blauen Bluse und hellen Salamandersandaletten die Rede.

Frau Markert war durch diese Erzählung höchst beunruhigt. Denn am Freitag zuvor, am 1. Juli 1988, hatte sie durch ihren Sohn Nico erfahren, dass Maria, mit der er befreundet war, nicht am Autobahnsee erschienen war, so wie sie es eigentlich verabredet hatten. Er meinte noch, dass sie vielleicht krank geworden sei. Dennoch war sie an diesem Tag sehr beunruhigt, konnte ihre Unruhe aber nicht begründen. Sie verstärkte sich noch, als sie am

Montag früh von den gefundenen guterhaltenen Frauensachen hörte. Sie hatte Maria zwar nicht gesehen, aber irgendwie bildete sie sich ein, dass ihr Sohn schon einmal über einen roten Rock mit weißen Punkten gesprochen hatte – Marias Sommerlieblingskleidungsstück. Ein Zuwachs an Kenntnis kann eben immer auch ein Zuwachs an Sorgen sein.

Als ihre Unruhe ohne weitere äußere Einflüsse immer größer zu werden schien, klingelte es abends an der Haustür. Frau Markert öffnete, und vor ihr stand Hans Stolpe, der Schwimmmeister.

»Guten Abend, Frau Markert, ist Nico zu sprechen?«

»Na klar, kommen Sie rein. Nico!!! Komm mal bitte, Herr Stolpe möchte dich sprechen. Worum geht es denn?«

»Um Maria«, sagte er mit ernster Miene. »Nico und Maria sind doch befreundet.«

Am Glanz seiner Augen und an seinen fahrigen Bewegungen mit den Händen erkannte Frau Markert, dass Herr Stolpe innerlich erregt war.

Nico kam aus seinem Zimmer, begrüßte den Schwimmmeister höflich und mit dem gebotenen Respekt.

»Geht mal auf die Veranda«, sagte Frau Markert. »Ich habe noch in der Küche zu tun.« Dann schob sie die beiden leicht und freundlich in Richtung Veranda.

In der Küche war sie mit den Abendbrotvorbereitungen beschäftigt. Von Herrn Stolpe und Nico drangen Gesprächsfetzen zu ihr herüber, die sie nicht entschlüsseln konnte. Durch diesen Umstand wurde ihre Aufmerksamkeit geradezu verschärft. Maria? Maria? Was ist mit Maria? Neugierig geworden, band sie ihre Schürze ab. Während sich die beiden auf der Veranda unterhielten, stürzte Frau Markert mitten in das Gespräch: »Was ist mit Maria?«

Ehe Hans Stolpe antworten konnte, sagte Nico: »Maria wird vermisst. Sie ist am Freitag zu uns aufgebrochen, aber nie bei uns angekommen.«

Frau Markert musste sich auf einen der Korbstühle setzen. »Und, und das haben Sie erst heute herausbekommen?«

»Nun ja«, sagte Hans Stolpe kleinlaut, als er wieder reden konnte, »es war ja nicht sicher, dass Maria kommt. Es war ja nur angedacht. Als sie am Freitag nicht kam, haben wir uns gar nichts dabei gedacht. Es wird irgendetwas dazwischengekommen sein, vielleicht ist sie krank geworden … Aber das hat Nico Ihnen ja bestimmt schon erzählt.«

Die nun einsetzende Stille war trügerisch. Innerlich brodelte es bei allen wie in einem Vulkan. Hans Stolpe bangte um seine Nichte, Nico um seine Freundin, Gerlinde Markert bangte um alle und ihre heile Welt. Dann unterbrach sie unvermittelt das kollektive Nachdenken. »Ich habe auch schlechte Nachrichten. Mein Kollege Schneider hat mir heute Morgen berichtet, dass am Wochenende jemand Frauenkleider am Kiessee bei Börnicke gefunden hatte. Wohl ein rot-weißer Rock, eine grüne oder blaue Bluse und helle Salamandersandaletten.«

Den Schluss, dass diese Bekleidungsstücke Maria gehört haben könnten, zogen alle drei für sich. Diesen schrecklichen Gedanken, nein, den konnten sie einfach nicht aussprechen.

»Na, dann will ich mal gehen«, sagte Hans Stolpe und verließ das Haus.

Gerlinde Markert weinte. »Nicht doch«, sagte Nico und drückte seine Mutter. »Es wird sich schon alles irgendwie aufklären. Maria lebt, bestimmt.«

Das Kunstwort Robotron ist heute der Allgemeinheit kaum noch bekannt; nur die ehemaligen DDR-Bürger wissen noch, dass Robotron ein Unternehmen war, das elektronische Datenverarbeitungsanlagen entwickelte, herstellte, lieferte und beim Kunden betreute. Ein Mechaniker von Robotron machte sich einen Tag zuvor, also am 3. Juli 1988, von Berlin-Hohenschönhausen auf, wo er wohnte, um an der Schönwalder Chaussee zwischen den Ortschaften Schönow und Schönwalde im Kreis Bernau, Bezirk Frankfurt (Oder), Beeren zu sammeln.

Das Beerensammeln gestaltete sich sehr erfolgreich – bis er eine furchtbare Entdeckung in einem mit Gestrüpp bewachsenen Waldstück machte. Auf dem Boden zwischen großen Farnpflanzen lag eine Leiche, die mit einer Wolldecke abgedeckt war. Der Mechaniker, 38 Jahre alt, schaute instinktiv auf seine Armbanduhr, die 12.29 Uhr anzeigte. Er rannte, zu Tode erschrocken, zu seinem Auto zurück, das er auf der Chaussee abgestellt hatte, und fuhr zum Zeltplatz Gorinsee, der ungefähr 400 Meter von der Fundstelle entfernt lag. Handys gab es noch nicht, aber die Mitarbeiter des Zeltplatzes verfügten über ein Telefon, so dass schon um 12.59 Uhr die Volkspolizei informiert werden konnte, die um 13.29 Uhr am Ort des Geschehens eintraf.

In der ersten Sofortmeldung des VPKA Bernau vom 3. Juli 1988, um 14.00 Uhr abgesetzt, war dann merkwürdigerweise von einer männlichen Leiche die Rede, die mit einem roten Damenkleid abgedeckt wäre. Veranlasst wurde der Einsatz zur weiträumigen Sicherung des Ereignisortes mit neun Polizisten und drei Funkstreifenwagen, der Einsatz von fünf Kriminalisten, die Morduntersuchungskommission wurde um 13.30 Uhr angefordert, der Fährtenhundeführer ebenfalls; ferner informierte man Staatsanwalt Pickert, die Kreisdienststelle MfS und die SED-Kreisleitung Bernau. Das hatte der Meldende, Hauptmann der VP Goldbach als Operativer Diensthabender (ODH), alles sehr richtig gemacht, auch wenn die Ausgangsdaten etwas fehlerhaft waren.

Aus der Ergänzungsmeldung von Oberleutnant der K Buchholz ist dann zu erfahren, dass die weibliche Leiche, ca. 20 bis 25 Jahre alt, linksseitig der Straße, ca. 20 bis 30 Meter von der Straße entfernt im Wald liegt, ca. 500 Meter von der Gaststätte »Libelle« entfernt. Auf der Hälfte des Weges wurde ein rotes Kleid gefunden, Schleifspuren sind sichtbar. Weiterhin lesen wir in dem Dokument, das mit dem Fernschreiber abgesetzt wurde:

»… blutverschmiertes gesicht, vor dem mund schaum, um hals waescheleine zweifach umschlungen, an der seite verknotet, person mit nicky bekleidet, bis ueber die brust hochgezogen, unterleib entkleidet. es sind spuren der gewaltanwendung erkennbar. weiter bekleidet mit weiszen socken, weiszen sandalen, person mit gemusterter decke abgedeckt.«

Die gesamte Auffindesituation zeigte den Kriminalisten, in welche Richtung zu ermitteln war: Vergewaltigung und Verdeckungsmord. Von Amts wegen wurde noch am gleichen Tag durch das VPKA Bernau ein Ermittlungsverfahren wegen Verdachts des Mordes gegen Unbekannt gemäß § 112 StGB der DDR eingeleitet.

Die weitere Bearbeitung erfolgte durch die MUK der BDVP Frankfurt (Oder). Durch den Leiter der Bezirksbehörde wurde der Einsatz einer Erweiterten Morduntersuchungskommission (EMUK) befohlen; eine Zusammenarbeit mit der MUK der BDVP Potsdam war gegeben. Eine letzte Fristverlängerung wurde bis zum 1. November 1989 durch den Generalstaatsanwalt der DDR gewährt.

Wer war das Mädchen, das tot im Wald unter Farnkraut gefunden wurde? Sofort wurden im VPKA Bernau alle Vermisstenmeldungen analysiert. Gefahndet wurde zum Beispiel nach einer 26 Jahre alten, vermissten Frau, die schließlich am 7. Juni 1988 dem VPKA zugeführt wurde, nachdem sie gegen 14.45 Uhr aus einer Kaufhalle eine Flasche Schnaps entwendet hatte. Ihr Aufenthaltsort sollte unbedingt festgestellt werden, und wenn sie weiterhin als vermisst gelten sollte, war der Auftrag, dass die Kriminalisten eine präzise Personen- und Bekleidungsbeschreibung zu liefern hatten. Das alles sollte bis zum 4. Juli 1988 um 8 Uhr geschehen. Und es geschah auch: Die junge Frau war noch immer vermisst, ermittelten die Kriminalisten, aber Alter und Bekleidung passten überhaupt nicht zu dem toten jungen Mädchen …

Die gerichtliche Leichenöffnung der noch unbekannten Toten erfolgte im Institut für gerichtliche Medizin des Bereichs Medizin (Charité) der Humboldt-Universität zu Berlin in den frühen Morgenstunden des 4. Juli 1988 (01.30

bis 07.30 Uhr). 1. Sachverständiger war Dr. sc. med. Keil, 2. Sachverständiger Dipl.-Med. Bach. Im Sektionsergebnis wurde als Todesursache zweifelsfrei eine intensive Halskompression durch fremde Hand festgestellt, wofür sich verschiedene Zeichen fanden. Sie war offensichtlich die Folge zweier unterschiedlicher Einwirkungen: Einerseits Drosseln mit dem zweitourig um den Hals verlaufenden Strick, andererseits stumpfe Gewalteinwirkung auf den Hals von vorn. Im Gutachten heißt es dazu: »Hinsichtlich der stumpfen Gewalteinwirkung auf den Hals ist am ehesten an Zusammendrücken mit Unterarm oder Fuß zu denken. Möglicherweise wurden bei der Kompression auch stumpfe Gegenstände verwendet. Auch ein Aufknien auf den Hals ist in Betracht zu ziehen … Es wurden Blutungen in Gesichtsweichteilen, einschließlich der Nase, festgestellt. Die Verletzungen sind durch ungeformte stumpfe Gewalt bedingt und zum Beispiel durch Faustschläge zu erklären.« In der Scheide und im Gebärmutterhals wurden zum Teil guterhaltene Spermien festgestellt, Scheide und Rektum blieben unverletzt. Hinweise für Abwehrverletzungen oder sonstige Kampfspuren fanden sich nicht. Die Verletzungen an Unterlippe, im Mundvorhof und an der Zunge konnten infolge von Mundzuhalten oder infolge von Schlägen auf den Mund verursacht worden sein. Die Entstehung der Zungenverletzungen war aber auch im Rahmen eines Krampfstadiums während der zum Tode führenden Halskompression denkbar.

Am 5. Juli 1988 wurde der Untersuchungsgruppe um 09.05 Uhr durch die Kriminalpolizei des PdVP Berlin,

Fahndungsdezernat V, Hauptmann der K Eyring, bekannt, dass seit dem 1. Juli 1988, 14.00 Uhr Maria Meißner aus Hohenschönhausen vermisst wird. Die Personenbeschreibung der Vermissten wurde in der Information der BDVP Frankfurt (Oder), Dezernat V, vom 5. Juli 1988 wie folgt angegeben: scheinbares Alter 14-16 Jahre, 160-165 cm groß, mittelblondes kurzes Haar, Bekleidung: rot-weiß gepunkteter Rock, grünliche Bluse mit drei schmalen Trägern, weiße Söckchen, weiße Sandalen. Mitgeführte Gegenstände: rosafarbene Umhängetasche aus Kunstleder, ein blauer Overall, weiße Turnhose, Unterwäsche, ein Tagebuch, ein Buch, Nachtzeug, ein Schlüsselbund.

Am gleichen Tag identifizierte Hans-Dieter Meißner das zwischen Schönwalde und Schönow tot aufgefundene Mädchen als seine Tochter. Dabei gab er an, dass die Decke nicht aus dem Elternhaus stammte.

Damit war klar geworden, dass die am Kiessee bei Börnicke gefundenen Damenbekleidungsstücke nichts mit unserem Fall zu tun hatten. Gerlinde Markert wurde vom Hauptmann der K Hans Ehrlich, der ein in die erweiterte MUK kommandierter begnadeter Ermittler war, noch einmal aufgesucht und auf die Widersprüche hingewiesen. Denn auch mit dem Kollegen, der die Story vom Kiessee erzählt hatte, sprach die Kripo, und es stellte sich heraus, dass dieser in Wirklichkeit gar nicht gesagt hatte, welcher Art die Frauenkleider waren. Frau Markert schwor Stein und Bein, dass sie vom Kollegen Paul Schneider die genaue Beschreibung der Bekleidungsstücke hatte. Resignierend meinte sie noch: »Der Kollege redet sowieso viel und hat wohl vergessen, was er alles gesagt hat.«

Die Ermittlungen liefen auf Hochtouren. Bereits am 7. Juli 1988 wurde bei einer stabsmäßig organisierten Suchmaßnahme die fehlende Tasche des Kindes aufgefunden. Sie enthielt alle mitgeführten Gegenstände. Vom Fundort der Leiche in Richtung Schönow, ca. 500 Meter, lag die Tasche 80 Meter von der Straße rechtsseitig in einem Waldgebiet. Die Tasche stand neben einem Baum, war somit nicht versteckt. Ein Schlüpfer und der Regenschirm waren sichtbar. Die Tasche musste durch einen Fußgänger dort abgestellt worden sein, jegliche Transportmittel schieden aus, da umgestürzte Bäume und Gestrüpp den Zugangsweg verdeckten. So die Version der Kriminalisten. Die beiden nach dem Taschenfund eingesetzten Fährtenhunde liefen zur Straße zurück. Wohin auch sonst.

Die Fundorte der Leiche und der Tasche sind dann durchgängig observiert worden. In einem Bericht vom 3. März 1989 ist zu lesen, dass schon am 10. Juli 1988 durch Observation am Fundort ein Pkw Typ »Fiat« von einem NVA-Angehörigen festgestellt worden war. Der Bericht klärt uns leider nicht darüber auf, warum gerade ein NVA-Angehöriger in der DDR einen »Fiat« fuhr. Er hatte jedenfalls für den 1. Juli 1988 ein Alibi und stand auch in keinerlei Bezug zu den Familien Meißner und Stolpe. Eine von den vielen Spuren, die sich im Nichts verloren.

Schnell war klar geworden, dass die Verantwortlichkeiten abgesteckt werden mussten, denn der Mordfall

Maria Meißner spielte sich in drei Bezirken der DDR ab. Das Mädchen wohnte im Norden Berlins und reiste mit S-Bahn nach Borgsdorf zum Onkel an den Autobahnsee Velten, der wiederum im Kreis Oranienburg des Bezirkes Potsdam lag. Das tote Mädchen wurde zwischen Schönwalde und Schönow gefunden, im Kreis Bernau des Bezirkes Frankfurt (Oder).

So war festgelegt worden, dass die Morduntersuchungskommission (MUK) Berlin den Bewegungsablauf des Kindes untersucht, die »Bezugssysteme« des Opfers (Klassenverband, Freunde usw.) unter die Lupe nimmt. Die MUK Frankfurt (Oder) und Potsdam gemeinsam führten alle Untersuchungshandlungen durch, die im Raum Velten/Borgsdorf notwendig geworden waren, die MUK Frankfurt (Oder) alle Untersuchungshandlungen im Raum Bernau. Die Hauptabteilung IX/7 des Ministeriums für Staatssicherheit, in der hervorragende Morder-mittler wie Dipl.-Krim. Hans Becker arbeiteten, war für alle kriminalistischen Maßnahmen im Hinblick auf die Familie verantwortlich; eine aktive Mitarbeit in der Arbeitsgruppe Borgsdorf/Velten war ebenfalls vorgesehen. Der Einsatz aller Kräfte wurde durch die BDVP Frankfurt (Oder) stabsmäßig geführt.

»Das Zusammenwirken der Kräfte der DVP der genannten Bezirke ist organisiert«, heißt es dazu optimistisch in einem Dokument.

Zum 24. August 1988, also fast zwei Monate nach dem Mord an Maria Meißner, waren folgende Kräfte im Einsatz:

MUK/EMUK Frankfurt (Oder)	1:12
MUK/EMUK Potsdam	1:6
MUK Berlin	1:2
HA Untersuchung MfS	1:2
Bezirksverwaltung Untersuchung MfS	1:2
MdI HA K	1:2
Auswertung Computer	1:2
Versorgungsdienste	1:1

1:12 usw. bedeutete jeweils, dass ein Leiter und 12 Mitarbeiter in der jeweiligen Arbeitsgruppe im Einsatz waren. Insgesamt suchten nach dieser Tabelle sieben Führungskräfte und 28 Kriminalisten den Mörder von Maria Meißner, wenn man den Bereich der Versorgungsdienste von den aktiven Kriminalisten abzieht.

Zur Fortführung und Intensivierung der Fahndung nach dem unbekannten Täter wurden am 7. und 8. Juli 1988 in verschiedenen regionalen Zeitungen Zeugenaufrufe veröffentlicht. Auch ein Fahndungsblatt wurde herausgegeben.

Wer kann Hinweise geben?

Die Volkspolizei bittet um Mitwirkung bei der Aufklärung eines Tötungsverbrechens an einem 13jährigen Mädchen.

Das Kind verließ am 01.07.88 gegen 14.00 Uhr die elterliche Wohnung in Berlin-Hohenschönhausen.
Wer hat seit diesem Zeitpunkt das Kind allein oder in Begleitung gesehen?

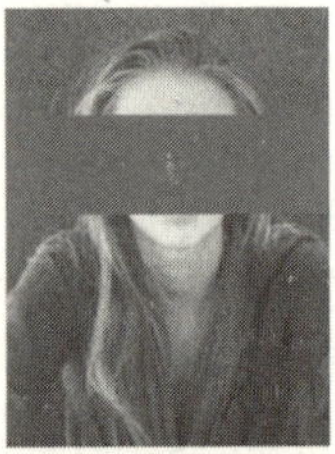

Personenbeschreibung

Scheinbares Alter: 14 - 16 Jahre; 160 - 165 cm groß; schlanke Gestalt; mittelblondes kurzes Haar.

Bekleidung

Roter Rock mit linsengroßen weißen Punkten, grünliche Bluse mit 3 Trägern, weiße Söckchen, weiße Sandalen.

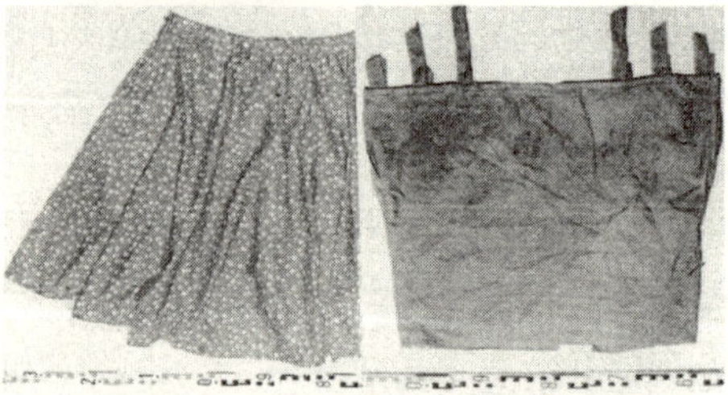

Wer kann Hinweise zum möglichen Aufenthalt im Bereich der Straßenbahnlinien von Hohenschönhausen bis Berlin-Leninallee sowie in der S-Bahn, Strecke Leninallee - Oranienburg, geben?

Das Kind hatte die Absicht, nach Velten zum Autobahnsee zu fahren.

Es führte folgende Gegenstände mit, die bisher nicht aufgefunden werden konnten:

- rosafarbene Umhängetasche aus Kunstleder
- blauer Overall
- weiße Turnhose
- Unter- und Nachtwäsche
- ein Tagebuch sowie ein weiteres Buch
- ein Schlüsselbund mit 3 Schlüsseln.

Wer kann zur Personen- und Kfz-Bewegung im Bereich Borgsdorf (Kreis Oranienburg) und Schönow (Kreis Bernau) in der Zeit zwischen 01. 07. 1988, 15.00 Uhr, und 03. 07. 1988, 08.00 Uhr, insbesondere auf der Verbindungsstraße Schönwalde - Schönow, Angaben machen?

Hinweise nimmt jeder Volkspolizist - auf Wunsch vertraulich - entgegen oder können auch telefonisch an das VPKA Bernau, Telefon 240, übermittelt werden.

Nach der Presseveröffentlichung meldete sich ein Zeuge, der am 1. Juli 1988 bereits in der Straßenbahn 63 und später auch am S-Bahnhof Leninallee (heute Landsberger Allee) Maria gesehen hatte; sie habe mit ihm die S-Bahn benutzt, die 14.38 Uhr nach Oranienburg fuhr.

Gesichert war, dass diese S-Bahn um 15.21 Uhr in Borgsdorf eintraf, Maria dort auch ausstieg und das Bahnhofsgelände in Richtung See verließ; dabei ging sie auf der linken Straßenseite. Diese Angabe konnte durch eine Zeugin, die am Fahrkartenschalter in Borgsdorf ihren Dienst versah, bestätigt werden.

Um 16.50 Uhr des gleichen Tages wurde Maria durch mehrere Zeugen, zwei Erwachsene und zwei Kinder, in der Ortslage Pinnow Höhe Kanalbrücke sowie Einmündung Dorfstraße mit einer unbekannten männlichen Person (18 bis 25 Jahre) zweifelsfrei laufen gesehen. Der Mann begleitete das Opfer zu Fuß in Richtung eines Waldes, der sich bis zur Autobahn erstreckt, hinter der sich der Autobahnsee befindet. Von dieser Stelle bis zum Bahnhof Borgsdorf sind es 2.900 Meter.

Das Ehepaar Fuchsberger und ihre damals 13-jährige Tochter hatten ihre Wahrnehmungen unabhängig voneinander gemacht, als sie auf ihrem Grundstück beschäftigt waren. Auch die 9-jährige Schülerin vom Nachbargrundstück, die draußen spielte, hatte dieses »Paar« beobachtet.

Sie wurden getrennt befragt. Mit Sicherheit hatten alle vier Maria als die Person wiedererkannt, die sie in Begleitung dieses jungen Mannes in Richtung Wald haben laufen sehen. Dann wurden sie aufgefordert, die Person des Unbekannten zu beschreiben.

Hans Ehrlich gehörte zu der Ermittlungsgruppe, und er hatte dann am Schluss die Aufgabe, die unabhängig voneinander abgegebenen Beschreibungen so zusammenzufassen, dass am Ende eine Beschreibung entstand, die in der Fahndung verwendet werden konnte. Das war aber keine so komplizierte Aufgabe, denn die Personenbeschreibungen ähnelten sich doch sehr, wobei sich auch hier wieder bestätigte, dass die Beschreibungen der Kinder am detailliertesten ausfielen und Kinder von der Tendenz her die besseren Zeugen sind.

So wurde die folgende Personenbeschreibung formuliert:

18 bis 23 Jahre alt,
ca. 170 cm groß,
schlanke Gestalt,
gepflegte Erscheinung,
bräunliches bis dunkelblondes Haar, nackenlang,
wettergebräunter Teint,
modische dunkle Hose,
gestreiftes Hemd oder Pulli.

Danach wurde mit den Zeugen, die das Opfer und den Begleiter sahen, ein subjektives Porträt (heute Phantombild) erarbeitet.

Subjektive Porträts nach Aussagen von Zeugen haben sich seit Jahrzehnten in der kriminalistischen Praxis bewährt. Man kann davon ausgehen, dass 30 bis 50 Prozent der hergestellten Reproduktionsbilder zur erfolgreichen Feststellung bzw. Überführung des Verdächtigen beitragen. Als Rekonstruktionsverfahren zur Täteridentifizierung wird insbesondere das Gesicht des Täters durch Polizeizeichner oder durch Computeranimation nachgebildet, insbesondere dann, wenn der Zeuge oder das Opfer den Personen- und Gesichtstyp gut beschreiben kann. Durch die Vorlage von Gesichtselementen wird versucht, Assoziationen zu Einzelelementen auszulösen und Schritt für Schritt ein Porträt zusammenzusetzen.

Auch in unserem Fall entstand ein Bild von einem jungen Mann, von dem noch gar nicht feststand, dass er der Mörder ist:

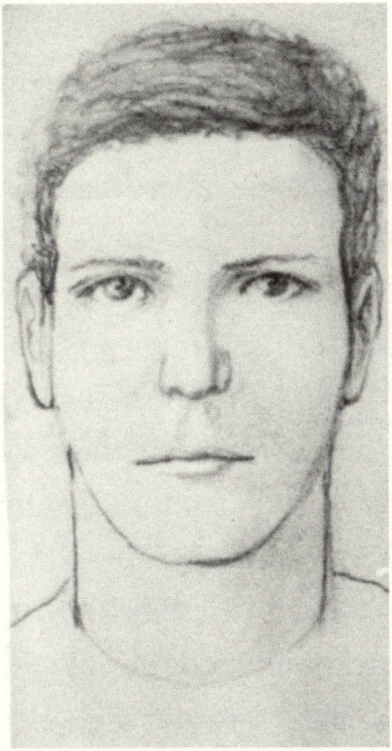

Nach Angaben der Zeugen durchliefen beide Personen die Dorfstraße in Richtung Wald/Autobahn. Ab diesem Zeitpunkt fehlte jedes Lebenszeichen von Maria, und sie galt von diesem Punkt an als nicht mehr gesehen.

Mit einem Handzettel wurde nun nach diesem jungen Mann gesucht. Es fällt auf, dass diese Personenbeschreibung doch von der zunächst von den Zeugen gegebenen erheblich abweicht. Scheinbares Alter ursprünglich 18 bis 23 Jahre, jetzt 20 bis 40 Jahre. Auch bei der Körpergröße legte man noch 10 cm drauf, vielleicht nach dem Motto, dass Mörder auch immer große und gewaltige Kerle sind. Wie diese Differenzen damals zustande gekommen waren, konnte nach nunmehr 27 Jahren nicht mehr ermittelt werden. Aber vielleicht wird dadurch erklärt, dass es keine nennenswerten Hinweise durch diese Handzettelaktion gab. Denn auf dem Phantombild sieht die gesuchte Person doch eher wie 18 bis 20 Jahre alt aus, niemals wie 40.

Ein Widerspruch konnte allerdings zwischen den genannten Zeugenaussagen herausgearbeitet werden. Maria brauchte zu Fuß 35 Minuten vom Bahnhof Borgsdorf zum Standort der Zeugen in der Ortslage Pinnow; sie hätte also gegen 15.56 Uhr schon dort eintreffen müssen. Es gab keine Anhaltspunkte für diese Zeitverschiebung, und Gründe für eine Wegeunterbrechung sind nicht bekannt geworden.

In einem Protokoll vom 10. Juli 1988 ist die Rede davon, dass sich die Fahrkartenverkäuferin zeitlich nicht genau erinnern konnte, wann sie Maria gesehen hatte. Sie gab einen Zeitraum von 15.40 bis 16.20 Uhr an. Dann musste allerdings geklärt werden, was Maria nach Ankunft der S-Bahn in Borgsdorf gemacht hatte. Diese Ungereimtheit blieb bis zum Ende des Ermittlungsverfahrens bestehen, sie konnte nicht beseitigt werden.

Sehr intensiv wurde in der Folgezeit nach weiteren Zeugen gesucht. Ergebnislos. Auch zum Fahren per Anhalter, zur Personen- und Fahrzeugbewegung auf der bezeichneten Strecke gab es keine Anhaltspunkte.

Viel später meldete sich eine Zeugin bei der Polizei und machte folgende Aussagen: Im Monat September 1988 habe sie einen Pkw mit dem polizeilichen Kennzeichen IEV 5-00 in der Ortslage Pinnow vorbeifahren sehen, und sie ist sich sicher, dass sie dieses Fahrzeug auch am 1. Juli 1988 wahrgenommen hatte. Der Fahrer und sein Alibi wurden zügig überprüft. Es war, so lesen wir in den Akten, ein stellvertretender Generaldirektor der Deutschen Reichsbahn, der sich am 1. Juli gar nicht in der Gegend aufhielt. Der Zeugin war offenbar ein Irrtum unterlaufen.

Die Zeugensuche wurde auf alle Gebiete erweitert, die in diesem Fall relevant waren. Nicht nur der Weg von Maria bis zu dem Zeitpunkt, als sie aus unserem Leben verschwand, sondern auch die Strecke zum Ort, wo man ihre Leiche gefunden hatte. Die Entfernung vom Leichenfundort bis zum Zweckverband Autobahnsee Velten betrug ca. 16 km Luftlinie. Eine Schwierigkeit für die kriminalistischen Ermittlungen bestand darin, dass es mehrere Verbindungsstraßen zwischen beiden Punkten gab – und natürlich auch heute noch gibt.

Am 8. Juli 1988, am Anfang der Ermittlungen, wurde in diesem Raum eine umfassende Befragung durchgeführt. In Heimen, auf Campingplätzen, in Wohngebieten wurden Handzettel ausgegeben, Bilder vom Opfer vorgelegt. Eine Einsatzgruppe des Zentralen Operativen Fernsehens des MdI zeichnete die Fahrzeugbewegung zwischen

Borgsdorf und dem Autobahnsee Velten gedeckt auf. Gleichzeitig wurden alle Fahrzeuge, die in der Zeit von 15 bis 20 Uhr die Straße zwischen Schönwalde und Schönow befuhren, gestoppt. Alle Insassen befragte die Volkspolizei, ob sie am 1. Juli 1988 im Raum des Fundortes des Opfers Wahrnehmungen gemacht hatten, die mit dem aufzuklärenden Mord in Zusammenhang stehen könnten.

Es konnte kein verwertbarer Hinweis herausgearbeitet werden.

Ebenso gestalteten sich die spurenkundlichen Untersuchungen aufwendig und kompliziert. Aber vielleicht lag in den Spuren das Quäntchen Hoffnung, an das sich die Kriminalisten endlich klammern konnten? Doch schon William Shakespeare schrieb: »Hoffnung ist oft ein Jagdhund ohne Spur.«

Wir wollen einige Spuren benennen und verfolgen und sehen, was aus ihnen letztendlich geworden ist.

In einem Bericht zur Begutachtung daktyloskopischer Spuren durch die Hauptabteilung Kriminalpolizei, Zentralstelle für Kriminalistische Registrierung (ZSKR), Daktyloskopie, vom 28. Juli 1988 ist ausgewiesen, dass die persönlichen Gegenstände der Geschädigten am 13. Juli 1988 übernommen worden waren, darunter eine rosa Einkaufstasche, ein Schnorchel, zwei DRK-Lehrbücher, ein Hausaufgabenheft von Janina Schüler, ein Tagebuch, ein Buch mit dem Titel *Jeden Tag eine Sensation*, ein Briefblock, ein Regenschirm und diverse Zettel. Weiterhin wurden zwei Teile von Kiefernästen, mit denen die Tasche bedeckt war, sowie Vergleichsfingerabdrücke der Getöteten zur Untersuchung in die ZSKR übernommen.

»Alle aufgefunden Gegenstände waren zum Zeitpunkt der Übernahme feucht, da sie über einen längeren Zeitraum starken Regenfällen ausgesetzt waren.«

Nur am Stab des Regenschirmes konnten nach Trocknung bei Zimmertemperatur und nach einer 24-stündigen Behandlung mit Cyanacrylatdämpfen fünf daktyloskopische Spuren sichtbar werden.

Der Sachverständige für Daktyloskopie Unterleutnant der K Haase kommt letztlich zu einer negativen Aussage: »Im Ergebnis der Analyse der Spuren S 1 – S 5 ergibt sich, dass diese Spuren nicht für eine Identifizierung ihres Verursachers geeignet sind, da die geringe Qualität und Quantität der allgemeinen und besonderen Merkmalen in den Spuren eine Identifizierung nicht zulassen.«

Die am Fundort des Opfers gesicherte Wolldecke konnte als Mehrzweckdecke des VEB Grobgarnwerk Kirschau bestimmt werden. Sie war schon seit 1970 im Handel erhältlich und wurde vorwiegend als Matratzenschoner oder als Verpackungsmaterial beim Möbeltransport verwendet. Sie war also ein Massenprodukt, das in unterschiedlichen Varianten produziert worden war.

Die Kriminalisten waren sich einig, dass die Decke aus einem ländlichen bzw. landwirtschaftlichen Milieu kam. Dieses Untersuchungsmerkmal verdiente deshalb bei der Überprüfung von bestimmten Personen und Personengruppen eine ganz besondere Beachtung.

Auf der Decke fanden sich nämlich recht interessante Spuren. In einigen Bereichen der Decke wurden erhöhte Anteile von Baukalk und Kartoffelstärke festgestellt, die durch Kontakt mit pflanzlichen Nahrungs- und Futtermitteln sowie Baustoffen entstanden sein konnten. Von der Decke wurde ein ausgefallenes Schamhaar gesichert und zur Blutgruppenbestimmung eingesetzt. Es konnte mit hoher Wahrscheinlichkeit die Blutgruppe A festgestellt werden, stammte also von einer anderen Person als dem Opfer, das mit der Blutgruppe 0 als Verursacher der Haarspur ausschied.

Weiterhin befanden sich an der Decke folgende Haare:

- ein weißes, ca. 35 mm langes Ziegenhaarbruchstück,
- ein weißes, ca. 52 mm langes Hundehaar,
- zwei dunkelbraune bis schwarze, ca. 50 bis 95 mm lange Tierhaare, wahrscheinlich Esel- oder Ziegenhaare (Spur 5),
- drei rotbraune Tierhaarbruchstücke, ca. 65, 93 und 98 mm lang, wahrscheinlich von einem Pferd stammend.

Man kann sich gut vorstellen, dass die Verfolgung dieser Tierhaarspuren aufwendig und umfangreich betrieben wurde. Die obengenannte Spur 5 (zwei Tierhaare) wurde nicht nur im Kriminalistischen Institut der Deutschen Volkspolizei untersucht, sondern auch in einem Institut in Moskau (!) und von H. Appelt. Wer allerdings H. Appelt ist, konnte nicht mehr ermittelt werden. Auch den Instituten für Gerichtsmedizin der Universitäten Leipzig, Rostock und Schwerin wurden Fotografien und Beschreibungen der Spuren vorgelegt, denn es ist kaum anzunehmen, dass Originalspuren die Runde gemacht hatten. Gleichzeitig wurden Vergleichsproben verschlüsselt mitgeschickt, um zu sehen, ob die Kollegen die richtige Lösung herausfinden werden. Die

Ergebnisse waren sehr interessant und divergierten zum Teil erheblich:

Tagebuchnummer des Kriminalistischen Instituts: **627/88**

<u>Identifizierung von Tierhaaren</u>

Untersuchungsmaterial	KI	Moskau	H. Appelt	GMI Leipzig, Rostock, Schwerin
Spur 5 (2 Haare)	Esel oder Ziege	Esel und Schaf	Rind möglich kein Esel keine Ziege	keine Aussagen
Vergleichsproben (verschlüsselt) Ziege	-	Ziege	Ziege	-
Esel	-	Esel	keine Aussage	-
Esel und Ziege	-	Esel	Rind oder Ziege	-

Aber egal, ob Ziege, Esel oder Schaf (das Rind wurde wohl außer Acht gelassen), überprüft wurden alle Tierhalter in einem ziemlich großen Gebiet um die Ereignisorte herum, aber es gab nicht einen Hinweis auf den Mörder von Maria Meißner.

Ein besonderes Kapitel waren die Bodenspuren. Es konnte festgestellt werden, dass die vom Ellenbogen und der linken Hand des Opfers isolierten Bodenspuren dem Bereich des Fundortes zugeordnet werden konnten. Dagegen stammten Bodenanhaftungen vom rechten Ellenbogen, dem rechten Oberschenkel, der rechten Hand und der Stirn nicht bzw. nicht ausschließlich vom Fundort. Bei diesen Spuren handelte es sich um Flugsand (Dünensand), für dessen Herkunft ein ca. 700 m mal 300 m großes Waldgebiet westsüdwest der Ortslage Borgsdorf-Pinnow in Frage kam, womit die Aussagen der vier Zeugen, die das spätere Opfer in Begleitung einer unbekannten männlichen Person am 1. Juli 1988 gegen 16.50 Uhr in Richtung dieses Waldgebietes haben gehen sehen, enorme Bedeutung erlangten. Wie kann man aber auf Treibsand eine Beweisführung aufbauen, die nicht gleich vom Sande weggetragen wird und umkippt?

Die in den Akten befindliche Karte zeigt das Gebiet mit Flugsandbildungen.

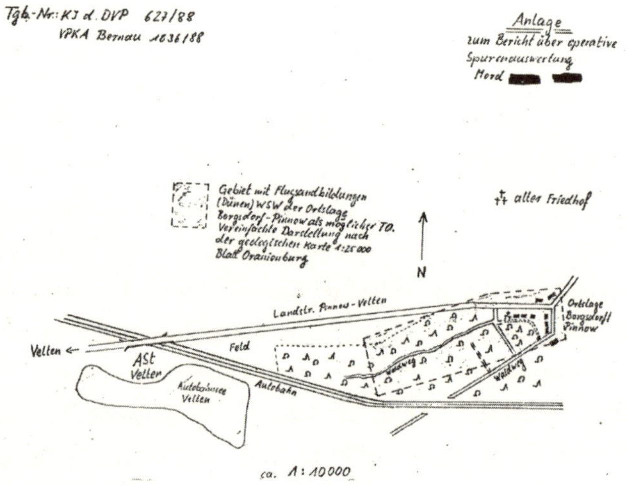

Zusätzlich waren in allen Bodenspuren von der rechten Körperseite des Opfers ca. 1 Prozent bis 10 Prozent Maisstärke nachweisbar. Stärke dieser Art wird in Futter- und Nahrungsmitteln verwendet. Eine Analyse hatte dazu aber ergeben, dass es sich nicht um industriell hergestellte Stärke handelte, sondern um Absonderungen aus Kartoffeln, wie sie auch beim Kartoffelschälen entstehen.

Bei dem Drossel- und Fesselwerkzeug handelte es sich um eine handelsübliche Flechtleine, die bevorzugt als Wäscheleine in Gebrauch war. Das Material dieser Flechtleine bestand aus einem Gemisch von Viskose, Baumwolle und Stengelfasern. Die Verknotungen waren Spezialknoten aus der Schifffahrt, die zunächst als Webeleinstek oder auch Mastwurf und Rundtörn mit zwei halben Schlägen klassifiziert wurden. Sie konnten keineswegs zufällig entstanden sein, sondern sie setzten eine gewisse Fertigkeit des Verursachers voraus. Als Berufsgruppen kamen hier in erster Linie Seeleute, Wassersportler, Taucher und Feuerwehrleute in Frage, die überprüft werden mussten. Später korrigierte man sich und bezeichnete den Knoten dann nur noch als Zimmermannsstek. Aber egal, wie die Bezeichnung ausfiel, es war ein Seemannsknoten, und die einzige Frage war doch, ob sich hier nun endlich eine heiße Spur auftat.

Schließlich konnten in Auswertung der gesamten textilen Faserspuren von der Bekleidung des Opfers, vom Drossel- und Fesselwerkzeug, vom Körper des Opfers und von Ästen und Pflanzen im Fundortbereich als kriminalistisch relevant blaue Polyesterfasern, blaue Baumwollfasern und violettfarbene Baumwollfasern isoliert werden. Die insbesondere an der Bekleidung vorhandenen zahlreichen Fasern ließen auf einen intensiven Kontakt zwischen Opfer und Täter schließen.

Damit standen schon relativ früh einige Merkmale des Täters fest. Er musste über ein Kraftfahrzeug (Pkw, Lkw oder Krad mit Beiwagen) verfügen, sich im Bereich des Veltener Autobahnsees auskennen und/oder beruflich hier zu tun haben, über maritime Kenntnisse verfügen und einen Bezug zu Tieren haben. So verfolgten die Untersuchungsorgane bei den Ermittlungen drei Täterversionen:

1. Der Täter war dem Opfer namentlich bekannt. Er hat aufgrund seiner Wohnung, Freizeitgestaltung bzw. Arbeitsstelle einen engen Bezug zum Bereich Borgsdorf-Pinnow-Autobahnsee, hat Maria Meißner vergewaltigt und ermordet, weil er die Feststellung seiner Täterschaft befürchtet (Verdeckungsmord, weil das Opfer ihn kannte). Aus diesem Grund konnte er die Leiche auch nicht in diesem Raum liegen lassen, er hat sie an einen anderen Ort verbracht.
2. Der Täter ist eine anderweitige Beziehungsperson zur Geschädigten, die die Leiche aus gleicher Motivation heraus an den späteren Fundort verbracht hat.
3. Der Täter ist ein aktiver, bislang nicht ermittelter Sexualtäter, der die Leiche auf dem Nachhauseweg verbracht hat.

Man kann sich gut vorstellen, dass nunmehr umfangreiche Personenermittlungen in Angriff genommen wurden. Ein Dokument der Kriminalpolizei der BDVP Frankfurt (Oder) vom 24. August 1988 listet all diese Maßnahmen auf:

1. Überprüfung aller männlichen Personen im Alter von 18-25 Jahren aus Borgsdorf und Pinnow auf der Grundlage eines Fragespiegels, der alle Kriterien der gesuchten Täterpersönlichkeit berücksichtigt (150 Personen).
2. Überprüfung aller Personen im Alter von 18-25 Jahren aus dem Kreis Oranienburg, die in nachfolgenden Einrichtungen tätig sind: DTSB Wassersport, Volksmari-

ne, Grenzbrigade Küste, Handelsmarine, Hochseefischerei, Binnenschifffahrt, Bagger- und Bugsierdienst, Seenotrettungsdienst, GST-Marineschule.

Dazu lagen folgende Auflistungen vor:

190 Personen aus dem Bezirk Potsdam, die die GST-Marineschule Greifswald-Wieck besucht haben,

71 Personen, die im GST-Bezirksausbildungszentrum Potsdam ausgebildet wurden,

47 Tauchsportler aus dem Kreis Oranienburg,

40 Seesportler aus dem Kreis Oranienburg,

27 Reservisten der Volksmarine aus dem Kreis Oranienburg,

44 Angehörige der Volksmarine, die gegenwärtig ihren aktiven Wehrdienst verrichten, aus dem Kreis Oranienburg,

47 Personen aus dem Kreis Oranienburg, bei denen in der Personen-Datenbank die Beantragung eines Seefahrtsbuches registriert ist.

Diese Personen wurden schwerpunktmäßig nach Prioritäten überprüft.

3. Mit Termin 26. August 1988 wurde die Überprüfung aller Personen, die am Autobahnsee Velten in den Bereichen Beschäftigte bei der Firma Eichholz, in den Gaststätten sowie beim Fuhrunternehmer Kraatz und Rettungsschwimmer sind, abgeschlossen. Es ergaben sich keinerlei Hinweise.
4. Durch das MfS wurden weiterhin Personen überprüft, die zur Interessengemeinschaft Fernsehen der DDR-Dorfstraße Pinnow gehören (Naherholung).

Aus dem Bericht geht auch hervor, dass schon mit Hilfe der EDV versucht worden ist, die Datenmenge zu beherrschen: »In der Auswertung sind gegenwärtig 1.897 Personen erfasst, davon 49 Beziehungspersonen, 30 aktive Verdachtsrichtungen (18 davon ausgeschieden), 51 Personen, die sich in der Personenbewegung befinden, 61 Hinweise. Im Computer sind bisher 1.930 Personen in der Datei Vorverdichtung gespeichert.«

Dass auch alle einschlägig vorbestraften Sexualtäter der Umgebung überprüft wurden, muss an dieser Stelle nicht betont werden.

Die »Seemannsknotenspur« war dann in der Tat die Spur, die mit am intensivsten verfolgt wurde. Denn in der Kriminalgeschichte gibt es eine Reihe von Fällen, in denen ein Seemannsknoten die Lösung des Falles war oder als Lösung vermutet wurde.

Beginnen wir mit den ausgedachten Fällen, also mit der Kriminalliteratur. Sir Arthur Conan Doyle, der Erfinder des genialen Sherlock Holmes und seines Freundes Dr. Watson, erzählt in der Geschichte *Abbey Grange*, dass Sir Eustace Brackenstall, einer der reichsten Männer in Kent, auf seinem Anwesen mit eben diesem Namen *Abbey Grange* im Winter des Jahres 1897 mit einem Feuerhaken erschlagen wurde. Für Inspector Lestrade von Scotland Yard stehen die Täter sofort fest – eine polizeibekannte Einbrecherbande. Doch Sherlock Holmes misstraut Lestrades schnellem Ermittlungserfolg und zieht seine eigenen Schlüsse aus den zahlreich vorhandenen Beweisstücken. Ein Seemannsknoten bringt ihn schließlich auf die Spur des wahren Täters, eines Ersten Offiziers der

Adelaide-Southampton-Schifffahrtslinie. »Als man die Lady befreite«, heißt es in der Erzählung von der angeblichen Einbrecherbande, »hatte man die Schnur von ihr abgestreift, aber die Knoten ungelöst gelassen.« Und weiter: »... niemand als ein Seemann konnte die Knoten geschlungen haben, mit denen das Seil an den Sessel geknüpft war.«

Beim berühmtesten Postraub der DDR-Kriminalgeschichte am 12. Mai 1977 in der Köpenicker Straße 94/ Ecke Wassergasse 1 in Berlin-Mitte, bei dem der Täter 70.000 DDR-Mark erbeutete, fand man am Tatort zahlreiche Gegenstände vor, die nicht in eine Post gehörten und nur vom Räuber stammen konnten: eine Perücke, selbstgenähte Beutel, verschiedenes Werkzeug – und mehrere Teile einer in der DDR üblichen Wäscheleine, mit denen die Reinigungsfrau und der Dienststellenleiter durch den maskierten Täter gefesselt wurden. Ein Stück wies einen markanten Seemannsknoten auf, einen Webeleinstek. Gerade von diesem Knoten erhoffte man sich einen baldigen Ermittlungserfolg, denn wer in der DDR konnte schon einen solchen Knoten binden? Doch leider brachte diese Spur keine brauchbaren Ergebnisse; der Räuber konnte erst zwei Jahre später durch Hinweise eines Bürgers festgenommen werden, nachdem ein weiterer Raubüberfall am 30. Oktober 1978 auf das Hauptpostamt in Gera gescheitert war. Die Festnahme erfolgte am 27. März 1979.

Es stellte sich heraus, dass er gar keine maritimen Kenntnisse besaß, sondern die Wäscheleine mit dem Webeleinstek von einem Wäscheplatz entwendet hatte.

Die Seemannsknotenspur im Fall Maria Meißner –

war sie die Lösung? Oder suchten die Spezialisten, die über besondere Kenntnisse und Fähigkeiten verfügten und maritime Ausbildungseinrichtungen kontaktierten, nur eine einfache Erklärung, wo sich doch eine noch viel einfachere anbot?

Hans Ehrlich war Tag für Tag damit beschäftigt, die Persönlichkeit von Maria Meißner zu hinterfragen. Vor allen Dingen sollte ermittelt werden, welche Freunde sie hatte, wie ihr soziales Umfeld generell aussah. Vielleicht, so die Hoffnung der Kriminalisten, konnte sich aus all diesen Erkenntnissen ein Ermittlungsansatz ergeben.

Hans Ehrlich befragte die Mitschülerinnen und Mitschüler aus Marias Klasse, die Freundinnen und Freunde vom Autobahnsee und andere Personen, die über die sozialen Beziehungen von Maria Meißner etwas aussagen konnten. Eine Sisyphusarbeit! Mühevoll, aufwendig. Sollte sie auch vergebens sein?

Das, was Hans Ehrlich herausfand, war jedenfalls eine ganze Menge an Informationen und Details.

Die fast gleichaltrige Tochter der Familie Stolpe befragte Hans Ehrlich mit der Genehmigung ihrer Eltern. Als die Stolpes 1986 nach Borgsdorf zogen, war auch Maria näher an sie herangerückt. Die beiden fast gleichaltrigen Mädchen verband eine feste und enge Freundschaft, auch schon vor dieser Zeit, als die Stolpes noch in Wittstock wohnten. Aber nun hatte diese Freundschaft eine andere Dimension gewonnen, und Maria war seit dem Umzug an den Autobahnsee sehr oft in Borgsdorf. Sie vertrauten sich gegenseitig ihre kleinen Geheimnisse und Nöte an. Meist unterhielten sie sich, wenn sie gemeinsam im Bett lagen, oder sie gingen gemeinsam und allein um den See spazieren, meist am Abend, wenn keine Badegäste mehr am Strand waren. Oft saßen sie auf dem Kinderkarussell, das am FKK-Strand stand. Beide träumten davon, einmal gemeinsam zur Schule gehen zu können. Susanne Stolpe und Maria Meißner wünschten sich nichts sehnlicher, als dass Marias Familie auch nach Borgsdorf zieht. Dann würde ihr Mädchentraum wirklich in Erfüllung gehen.

Auch die Mitschülerinnen und Mitschüler von Maria wurden befragt, und es entstand ein Bild von einem aufgeschlossenen, selbstbewussten und fröhlichem, lebensbejahenden Mädchen. Sie lachte unglaublich gern und gab sich zumeist so burschikos wie ein Junge. Sie war sehr sportlich, besaß viel Kraft und wollte nur durch ihre Leistungen anerkannt werden, nicht durch das Äußere und das Gehabe oder Getue, wie es pubertierende Mädchen oft an sich haben. Obwohl sie sich jungenhaft benahm, scherzte sie kokett mit den Jungen, die ihr gefielen. Auch in der DDR nannte man das Schäkern. Maria trug gern modische und auffallende Kleidung, das gehörte zu ihrem Wesen.

Doch zurück zu Susanne und Maria. Sie hatten sich oft über den »Mann ihrer Träume« unterhalten. Für Maria sollte es ein älterer, ehrlicher, netter, freundlicher Typ sein, der nicht angibt und auch nicht »zweispurig« fährt, und Susanne fand starke, ruhige, möglichst große Männer gut. Sie sagte später aus, dass Maria und sie körperlich schon ziemlich weit entwickelt waren und sie immer wieder einmal von einem anderen Jungen oder jungen Mann schwärmten, aber alles im naiven und platonischen Bereich. Sexuelle Kontakte zu einem Mann schloss Susanne für Maria kategorisch aus. »Ich bin mir sicher, dass Maria keinen Mann kennengelernt hätte, ohne mir das zu erzählen«, sagte Susanne in ihrer Befragung am 22. Juli 1988.

Maria wollte Verkäuferin für Textilien werden und war eine recht gute Schülerin. Die Eltern machten oft Druck, dass sie ihre Leistungen noch verbessert, und auch deshalb war Maria häufig in Borgsdorf, weil sie sich in ihrer Neubauwohnung eingeengt fühlte, während sie am Autobahnsee nicht nur ihre beste Freundin Susanne, sondern eine ganz und gar verständnisvolle Familie vorfand. Und hier war sie mitten in der Natur, die sie so liebte. Irgendwie fühlte sie sich zu der Familie ihres Onkels magisch hingezogen.

Eine richtige Freundin hatte Maria wohl in ihrer Schule in Hohenschönhausen nicht. Auch aus diesem Grunde kam sie besonders gern nach Borgsdorf, zu einer Familie, zu der sie eigentlich auch gehörte.

In Borgsdorf kannte sie faktisch alle Stammbesucher, die Klassenkameraden von Susanne aus der 8. Klasse, und auch die Schüler der 9. Klasse, die oft zum Baden kamen, waren ihr bekannt. Zu den Teilnehmern am Rettungsschwimmerlehrgang hatte sie einen sehr guten Kontakt und wurde von allen akzeptiert.

Natürlich wurden, als die Untersuchungen auf Hochtouren liefen, auch die anderen Teilnehmer an diesem Rettungsschwimmerkurs unter die Lupe genommen. Da gab es zum Beispiel einen jungen Mann aus Marwitz, der ziemlich häufig mit Maria zusammen war. Beide tauschten

Adressen aus, Maria fand ihn gut und hätte ihn vielleicht gern zum Freund gehabt. Sie hatten sich geschrieben, und Maria hatte ihm mitgeteilt, was sie in den Ferien macht und wann sie wieder in Borgsdorf ist. Dieser junge Mann kam immer mit dem Motorrad zum See, und Maria hatte ihn auch gefragt, ob er sie mit dem Motorrad nach Borgsdorf zum Bahnhof bringen kann, damit sie der Onkel nicht immer fahren muss. Er hatte ihr aber daraufhin gleich ausweichend gesagt, dass er sich das überlegen müsse.

Andere Teilnehmer, so ist es in den Protokollen zu lesen, verhielten sich einfach nur »merkwürdig«, so ein sehr dünner, sehr großer 15 bis 16 Jahre alter Junge, der nur einmal erschien, viel angegeben hat und dann doch nicht weitermachte. Keiner konnte ihn leiden. Aber zur Abschiedsparty kam er für kurze Zeit und hatte ein Auge auf Maria geworfen …

Diese Abschlussparty fand am Abend des 25. Juni, am Ende des Lehrganges, statt. Eigentlich wollte man schon nachmittags feiern, aber weil die Jungen noch gern Fußball sehen wollten, ging die Feier erst gegen 17.30 Uhr los. Man feierte bis um 22.30 Uhr, und Maria feierte mit.

Maria, dies sollte der Leser wissen, führte eifrig Tagebuch. Das heißt, eigentlich zwei, ein blaues und ein grünes. Beide waren nicht verschließbar, weshalb Maria das aktuelle grüne Buch immer bei sich hatte. Sie wollte nicht, dass ihre Eltern das Buch lesen. In das Tagebuch legte sie auch die Briefe hinein, die sie bekommen hatte, und es waren immer die aktuellen Briefe darin. Auch Fotos legte sie hinein. Zum Beispiel zwei Bilder ihres Klassenlehrers. Auf einem Bild baute er gerade ein Haus, auf dem anderen Foto war er mit seiner Klasse zu sehen, als sie im Mai 1988 mit den Fahrrädern auf Klassenfahrt waren.

Maria schwärmte für diesen Klassenlehrer und bedauerte sehr, dass er sich jetzt von ihrer Klasse verabschiedet hatte, weil er für drei Jahre zur Nationalen Volksarmee ging. Wenn man ihm auf der Straße begegnen würde, so sagte Maria einmal, dann würde man gar nicht glauben, dass er ein Lehrer ist. Er wirke so jugendlich und sähe gar nicht aus wie ein Pauker. Und er habe eine tolle Art, mit den Schülern umzugehen. Als Maria für den 25. Juni, also für den Prüfungstag, freigestellt wurde, hatte er ihr versprochen, dass er sie draußen am See auch einmal besuchen würde. Maria hatte fest an diesen Besuch geglaubt.

Alle Personen, die sich irgendwie verdächtig gemacht hatten oder – wie der Lehrer – einfach nur aufgefallen waren, wurden selbstverständlich überprüft. Ein konkreter Verdacht hatte sich in diesen ganzen Fällen nie ergeben.

Maria ging nicht gern im Wald spazieren. Sie lief sehr gern barfuß, und deshalb war ihr der Wald unangenehm. Sie hatte Angst vor dem Wald. Allein ging sie nie dorthin. Auch Susanne Stolpe konnte Maria nur zu einem Waldspaziergang überreden, wenn sie ihren Hund mitnahmen. Maria hatte keine Angst vor fremden Menschen, sondern vor wilden Tieren, die plötzlich im Wald auftauchen konnten. »Einer solchen Situation wäre ich nicht gewachsen«, hatte sie einmal gesagt.

Spazieren gingen die beiden meist nur um den See, da Maria nicht in den Wald wollte. Mit dem Hund sind sie aber auch einmal bis zur Autobahn vorgelaufen und ein Stück an der Autobahn entlanggegangen. Zumeist hielten sie sich aber bei den Rettungsschwimmern am Turm oder am Strand auf. Direkt nach Borgsdorf hinein sind sie niemals gegangen.

Früher war Maria einmal Turnerin; sie musste aber damit aufhören, als sie nicht mehr die erforderlichen Leistungen für die Kinder- und Jugendsportschule erbrachte. Das Leichtathletiktraining machte ihr keinen Spaß, obwohl sie eine gute Sportlerin war. Mit dem Rettungsschwimmen hatte Maria dann endlich ihre Traumsportart gefunden. Sie schwamm seit frühester Kindheit leidenschaftlich gern, aber den FKK-Strand lehnte sie ab. Sie konnte es überhaupt nicht leiden, wenn sie angeglotzt wurde. Auch Anspielungen auf ihre sportliche Figur waren ihr zuwider. Sie mied dann die Orte, an denen sich solche Leute aufhielten, die sie anmachen wollten.

So waren beide Mädchen, Maria und Susanne, zum Reiten auf dem Grundstück des Ferienobjektes, das ein Fuhrunternehmer als Reitplatz angemietet hatte. Dort trieben sich einige Leute herum, die den beiden außerordentlich missfielen, besonders aber Maria. Obwohl sie dann später mehrmals aufgefordert wurde, doch wieder zum Reiten zu kommen, ist sie dort niemals mehr hingegangen.

Wäre Maria auch per Anhalter mitgefahren? Susanne meinte, ja. Wäre Maria mit einem Fremden in den Wald mitgegangen? Nein! In den Wald wäre sie höchstens mit einer Person gegangen, der sie vertraut hätte. Wenn sie plötzlich angegriffen worden wäre, hätte sie sich zur Wehr gesetzt? Bestimmt. Sie hatte viel Kraft und war gut geschult in Abwehrgriffen. Außerdem, sie konnte unglaublich schnell laufen.

Auch Nico Markert, von dem schon berichtet wurde, und seine Mutter Gerlinde wurden durch Hans Ehrlich in ihrer Wohnung getrennt befragt, wie es die Vorschrift ist.

An den Aussagen von Nico zweifelte Hans Ehrlich keine Sekunde. Ein junger Mann sagte über ein Mädchen aus, das er persönlich vom Badesee her kannte und mit dem er im Briefwechsel stand. Ja, Maria war ihm sympathisch, und er war sichtlich aufgewühlt, als in der Befragung noch einmal die Umstände von Marias Tod besprochen wurden.

Gerlinde Markert bestätigte die Aussagen ihres Sohnes. Sie meinte, dass ihr Sohn mit vielen Mädchen in brieflichem Kontakt stehe und keine feste Freundin besitze. Der Kontakt zur Maria hatte sich wohl erst im Jahr 1988 entwickelt; sie sei sich sicher, dass bei ihrem Sohn keine sexuellen Motive vorlagen. Zu ihrem Sohn hätte sie ein sehr großes Vertrauensverhältnis, sie wüsste alles. Einen Tag (!) vor Marias Tod habe er einen Brief von ihr erhalten. Der Brief war in Herzform ausgeschnitten und enthielt einfache Schilderungen von Tagesabläufen, denn ihr Sohn habe ihr den Brief gezeigt.

»Nun«, sagte Hans Ehrlich, »Sie müssen sich nicht beunruhigen, aber ich muss natürlich fragen, was Ihr Sohn am 1. Juli 1988 gemacht hat, um ihn vom Tatverdacht ausschließen zu können.«

»Ich war gegen 12 Uhr wieder zu Hause, da ich halbtags arbeite. Ich hatte dann im Garten zu tun, und zwischen 13.30 Uhr und 14.30 Uhr kam Nico dann nach Hause. Es war der letzte Tag der GST-Ausbildung im LEW-Hennigsdorf. Dort, wo Nico lernt. Nach einer halben Stunde, vielleicht gegen 15 Uhr, fuhr mein Sohn mit seinem Mokick S51 in Richtung Velten zum Autobahnsee zum Baden.«

»Welche Farbe hat das Moped?«

»So blau und schwarz. Er war jedenfalls völlig durchgeschwitzt und brauchte erst einmal eine Abkühlung, hatte er gesagt. Zwischen 19 und 20 Uhr kam er dann wieder nach Hause. Er sah dann noch fern und legte sich gegen 22 Uhr schlafen.«

»Hat Ihr Sohn das Haus noch einmal verlassen?«, wollte Hans Ehrlich wissen.

»Nein, bestimmt nicht. Das hätte er mir gesagt, wenn er noch einmal wegwollte.«

Hans Ehrlich, der auf der Veranda der Markerts Platz genommen hatte und an einem ziemlich guten Kaffee schlürfte, kramte etwas umständlich das Phantombild des gesuchten jungen Mannes aus seiner Lederaktentasche, mit dem Maria zum letzten Mal lebend gesehen wurde. Er zeigte Gerlinde Markert das Bild.

»Nein, den kenne ich nicht. Und Sie sehen, Sie haben Nico ja schon gesehen und befragt. Nico sieht ganz anders aus.« Diese Feststellung war ihr sehr, sehr wichtig.

»Wir verdächtigen Ihren Sohn auch nicht, da können Sie ganz beruhigt sein. Wir müssen nur die Wahrheit herausfinden, und deshalb müssen wir mit ganz vielen Leuten reden.«

Nicht unerwähnt soll bleiben, dass auch Marias Onkel Hans Stolpe in das Fadenkreuz der Ermittler gelangte, und das kam so.

Aus der Kriminologie ist bekannt, dass die Täter in der

überwiegenden Zahl der Mord- und Totschlagsfälle aus dem sozialen Nahraum stammen, es also zuvor enge Täter-Opfer-Beziehungen gab. Deshalb wird auch von einem geradezu »familiären« Charakter der Tötungsdelikte gesprochen, wie es der Kriminologe Günther Kaiser einmal ironisch ausgedrückt hat.

In einem Protokoll vom 2. März 1989 heißt es: »Entsprechend den bisherigen Ermittlungen ist eine Beziehungsperson zur Geschädigten aus dem Untersuchungskomplex Autobahnsee als Täter nicht auszuschließen.«

So war es einfach nur folgerichtig, dass auch Hans Stolpes Alibi überprüft werden musste. Dabei war sein Tagesablauf an diesem 1. Juli 1988 normal und übersichtlich gewesen. Von 8 bis 16 Uhr hatte er seinen Dienst versehen. Da es in den Nachmittagsstunden heftig regnete, wie wir schon wissen, und damit auch die Besucher vom Autobahnsee in Massen flüchteten, machte er eine Stunde früher Schluss und bummelte eine Überstunde ab, um zu Hause einige Arbeiten erledigen zu können. Vor allen Dingen baute er an seinem Auto. Ungefähr von 19 bis 19.45 Uhr machte er am Autobahnsee mit seinem Hund einen Waldlauf. Dabei habe er keine Person getroffen, es regnete ja noch immer. Gegen 20 Uhr war er wieder zu Hause, und Hans Stolpe bastelte weiter an seinem Auto. Seine Frau konnte diese Angaben sämtlich bestätigen. Da er in den Rettungsschwimmerlehrgängen auch verschiedene Knoten lehren musste, wurde er gebeten, sein Talent unter Beweis zu stellen. »Auf Aufforderung band er Webeleinstek, Palstek und Kreuzknoten und übergab diese dem Unterzeichner«, heißt es in einem Protokoll vom 17. August 1988.

Obwohl der Onkel, auch nach den Angaben anderer Kollegen, die seine Aussagen bestätigten, eigentlich den Kreis der Verdächtigen verlassen hatte, wurde gegen ihn weiter intensiv ermittelt. Die Konzentration auf den »Verdächtigen« Hans Stolpe erwies sich aus heutiger Sicht als ein verzweifelter Entschluss, eine Spur zu verfolgen, die von Anfang an keine war. Denn andere Tatverdächtige konnten trotz eines hohen Ermittlungsaufwandes nicht festgestellt werden.

So lesen wir noch in einem Untersuchungsplan vom 3. März 1989, in dem verschiedene diesbezügliche Fragestellungen auftauchen: »Wurde in der Familie des Onkels in Anwesenheit der Familie über den Tod von Maria gesprochen? Wenn ja, wie ist das Verhalten von Hans Stolpe? Wie sprach Maria von ihrem Onkel gegenüber den Eltern? Wie ist das Verhalten des Onkels, wenn das Gespräch auf den Mord gelenkt wird?«

Das Wetter spielte bei den Befragungen von Hans Stolpe immer wieder eine Rolle. Er wurde mehrfach zum gleichen Gegenstand befragt; offensichtlich erhoffte man sich davon, dass er in eine Falle tappt oder sich in Widersprüche verwickelt. So regnete es in den Nachmittagsstunden und auch noch abends, als er mit dem Hund laufen war; Aussagen, die er gleichlautend machte. Andere gaben aber an, dass an diesem Tag schönes Wetter war. Ein erheblicher Widerspruch in den Aussagen.

Wenn es nämlich an diesem Tag nicht geregnet hätte, käme das Alibi von Hans Stolpe erheblich ins Schwanken. Dann wäre er möglicherweise nicht um 16 Uhr nach Hause gekommen und hätte eine Stunde abgebummelt, weil die Badegäste fluchtartig das Gelände verlassen hatten, sondern hätte planmäßig bis 17 Uhr seinen Dienst versehen. Aber was hat er dann in dieser einen Stunde gemacht, die er den Kriminalisten verschwieg?

Am Freitag, dem 1. Juli 1988, um den es hier in dieser Geschichte vor allen Dingen geht, herrschte ein ziemlich feuchtes Wetter rund um Velten. Ein exakter Bericht der Nationalen Volksarmee der DDR aus Strausberg, unterzeichnet von Oberst Hinniger, gibt einen exakten Überblick über die Niederschlagsbedingungen im Raum Velten an diesem Tage, und zwar für die Zeit von 15 bis 18 Uhr. Feststellungen, die zeigen, wie akribisch ermittelt wurde und dass Hans Stolpes Aussagen nicht erschüttert werden konnten. Jedenfalls nicht mit dem Wetterbericht.

Hier der Bericht im Original, den die Kriminalisten anforderten:

»1. Wetterlage: Am Nachmittag und in der 1. Nachthälfte des 1. Juli 1988 überquerten die Ausläufer eines Tiefs bei Irland staffelartig die DDR und ersetzten schwülwarme Luft durch kühlere Meeresluft.
2. Eine strukturmäßige meteorologische Beobachtungsstation im Raum Velten besteht nur am Flugplatz Oranienburg der GSSD (Gruppe der sowjetischen Streitkräfte in Deutschland). Von dieser Station wurde zwischen 15.00 und 18.00 Uhr kein Niederschlag beobachtet. Erst 19.45 Uhr wurde ein Gewitter gemeldet.
Die Niederschlagsmessstelle Wasserwerk Marwitz am

westlichen Ortsausgang von Velten hat im Zeitraum vom 01.07.1988 07.00 Uhr bis 02.07.1988 07.00 Uhr eine Niederschlagssumme von 3,1 mm gemessen, woraus allerdings keine zeitlich detailliertere Aussage abgeleitet werden kann.

3. Aus einer Konsultation mit dem Gruppenleiter Radar der FWW Berlin-Schönefeld zur rückwirkenden Auswertung der halbstündlichen Radarkarten vom 01.07.1988 ergibt sich:

14.45 Uhr MESZ: Eine Echolinie (Schauerstaffel) liegt 20-30 km westlich vor Velten und verlagert sich ostwärts.

15.15 Uhr MESZ: Die Linie hat den Raum Velten/Oranienburg erreicht. Über dem Raum Velten befindet sich ein Radarecho mit einer Obergrenze von 7600 m, aus dem auf einen mäßigen Schauer geschlossen werden kann.

Die weiteren Karten ergeben für den Raum Velten keine markanten Echos. In der Karte von 17.45 Uhr MESZ ist eine neue Schauerstaffel auf der Linie Oschatz-Wittenberg-Magdeburg in Bildung begriffen, die mit 40 km/h nordostwärts zieht und offensichtlich 19.45 Uhr MESZ unter anderem am Flugplatz Oranienburg das gemeldete Gewitter verursacht.

4. Schlussfolgerungen:

Die Einschätzung, dass im Zeitraum zwischen 15.00 und 15.30 Uhr MESZ aus der Radarbeobachtung auf einen mäßigen Schauer im Raum Velten geschlossen werden kann, befindet sich nicht im Widerspruch zu der Aussage, dass am Flugplatz Oranienburg kein Niederschlag festgestellt wurde.

Konvektive Niederschläge, um die es sich eindeutig handelt, weisen eine sehr scharfe Begrenzung auf, wobei bereits auf Entfernungen in der Größenordnung Dekameter eine Trennung in Niederschlag ja bzw. nein möglich ist. Deshalb kann auch nicht mit Sicherheit auf Niederschlag an dem in Frage stehenden Punkt im betrachteten Zeitraum geschlossen werden, sondern nur darauf, dass zwischen 15.00 und 15.30 Uhr MESZ im Raum Velten mit hoher Wahrscheinlichkeit ein Schauer aufgetreten ist.«

Auch kuriose Ermittlungsrichtungen wurden im Mordfall Maria Meißner eingeschlagen. Ein »verdächtiger« Teilnehmer an einem Rettungsschwimmerlehrgang 1986, der auch im Sommer 1988 am See war, sei als »Sonnenfetischist« bekannt, der hinter jedem Sonnenstrahl hinterherrennt. Es konnte von mehreren aufmerksamen Bürgern beobachtet werden, dass diese Person »beim Mittagessen auf der Terrasse den Tisch wechselte und so der Sonne samt Teller hinterherging«. Seine Charakterisierung wirft ein typisches Bild auf die damaligen Verhältnisse und die politische Verfasstheit in der DDR: »Er ist ein notorischer Nichtstuer, geht keiner geregelten Arbeit nach, lebt von Fahrten als ›Schwarztaxi‹ und wartet auf seine Ausreiseerlaubnis.«

Und was war beim Check des Sonnenanbeters herausgekommen? Nichts. Auch er war's halt nicht gewesen.

Das Jahr 1989 ging seinem Ende entgegen. Eine ganze Schar von Kriminalisten hatte intensiv, aber letztlich erfolglos ermittelt, der Personaleinsatz war groß, aber die

Aussichten, den Mörder von Maria Meißner zu finden, hatten sich verdunkelt.

Aus heutiger Sicht kann eingeschätzt werden, dass die Suche nach dem Mörder eine der größten Polizeiaktionen in der Geschichte der DDR darstellte. Über 4.000 Personen waren überprüft worden, ohne auch nur einen winzigen Anhaltspunkt dafür zu erhalten, wer Maria Meißner getötet hatte.

In einem detaillierten »Sachstandsbericht der BDVP Frankfurt (Oder), Kriminalpolizei, MUK vom 30.10.1989, Tgb.-Nr. 1036/88 VPKA Bernau« zum nicht aufgeklärten Tötungsverbrechen an Maria Meißner vom 1. Juli 1988 auf der Verbindungsstraße Schönow-Schönwalde in Höhe Kilometer 7 heißt es ganz am Ende:

»Es bestehen keine objektiven Gründe für Ermittlungen zur Sache im Rahmen der gesetzlich zur Verfügung stehenden Frist bis zum 1. November 1989 für die Aufklärung des Tötungsverbrechens an dem Kind Maria Meißner von 1. Juli 1988.

Aus den hier aufgeführten Gründen wird vorgeschlagen, das Ermittlungsverfahren wegen Mordes gemäß § 112 (1) StGB gegen – unbekannt – vom 4. Juli 1988 gemäß § 143 (1) StPO vorläufig einzustellen und bei Bestehen neuerlicher Anhaltspunkte zur Sache Fortgang zu gewähren.

Vorzuschlagende Maßnahmen zur Überprüfung in den einzelnen Untersuchungskomplexen

1. Überprüfung der offenstehenden Personen der Anwohner Bungalow Berlin.

2. Überprüfung mit Verwandtenverkettung der Bungalows, die sich im Waldstück Dorfstraße – Ortslage Pinnow – befinden. Teilüberprüfungen wurden in der Altersbegrenzung 18-25 Jahre durchgeführt.
3. Nochmalige Über- und Durcharbeitung der bisherigen Untersuchungskomplexe in allen Untersuchungsrichtungen.

Leiter MUK Baganz
Hauptmann der K«

Daraufhin wurde verfügt:

»Das am 4. Juli 1988 eingeleitete Ermittlungsverfahren, Tgb.-Nr. 1036/88 – VPKA Bernau, gegen – Unbekannt – wegen Mordes gemäß § 112 (1) StGB wird mit Wirkung vom 1. November 1989 gemäß § 143 (1) StPO vorläufig eingestellt.

Die vorgeschlagenen Maßnahmen des Leiters der MUK sind zu realisieren.

Der Vorgang gelangt zur Ablage im Dezernat II, MUK. Bei neuerlichen Anhaltspunkten, die zur Klärung dieser Straftat führen, ist dem Verfahren Fortgang zu gewähren.

Hahn
Oberst der K«

Neuerliche Hinweise zur Aufklärung des Mordes an Maria Meißner? Sollte noch ein Wunder geschehen? Auf welchem Wege wollte man neue »Anhaltspunkte« erlangen? Da konnte doch nur noch der Zufall helfen. Auch die DDR existierte nur noch wenige Monate …

Überliefert ist indes die Karteikarte aus der Aufstellung von ungeklärten Tötungsdelikten, die zum Ende der DDR erarbeitet wurde. Darauf ist der Fall exakt beschrieben, zum Beispiel auf der Rückseite: »Opfer verließ am 1. 7. 1988 gg. 14.00 Uhr elterliche Wohnung mit der S-Bahn in Richtung Borgsdorf. Wollte von dort zum Autobahnsee Velten.«

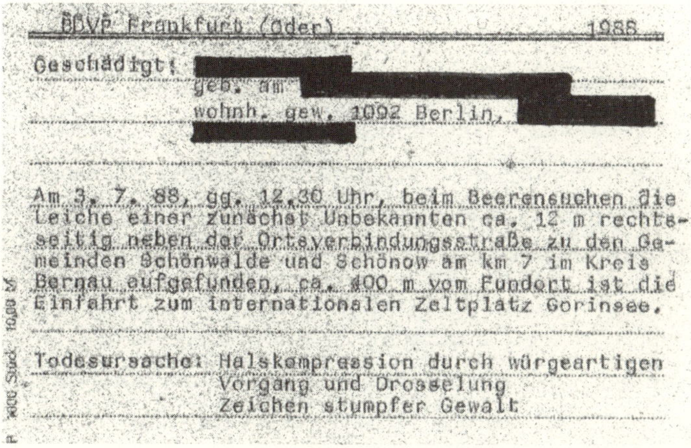

BDVP Frankfurt (Oder) 1988

Geschädigt: [redacted]
geb. am [redacted]
wohnh. gew. 1092 Berlin, [redacted]

Am 3. 7. 88, gg. 12.30 Uhr, beim Beerensuchen die Leiche einer zunächst Unbekannten ca. 12 m rechtsseitig neben der Ortsverbindungsstraße zu den Gemeinden Schönwalde und Schönow am km 7 im Kreis Bernau aufgefunden, ca. 400 m vom Fundort ist die Einfahrt zum internationalen Zeltplatz Gorinsee.

Todesursache: Halskompression durch würgeartigen Vorgang und Drosselung
Zeichen stumpfer Gewalt

Der Buß- und Bettag ist ein geschützter evangelischer Feiertag, jeweils am Mittwoch vor dem letzten Sonntag des Kirchenjahres. Zu büßen war schon immer ein Ausdruck des Schmerzes über begangenes Unrecht und beinhaltete eine Wiedergutmachung im Zusammenhang mit Reue und Sünde. Buße bedeutete ursprünglich Besserung und war ein sehr schönes Wort, das in eine Zukunft ohne Fehl und Tadel wies.

Auch im Jahr 1991 war der Buß- und Bettag ein Mittwoch, und zwar der 20. November. An diesem Tag wurde landesweit gebüßt und gebetet, aber es geschahen auch schreckliche Verbrechen. Ein Beispiel:

Die 15-jährige Sarina Schneider und die ein Jahr ältere Janine Groß, zwei Freundinnen aus Berlin-Marzahn, hatten sich mit dem Zug auf den Weg nach Rietzneuendorf gemacht, im Südbrandenburgischen westlich von Lübben an der Autobahn gelegen und über den Bahnhof Brand relativ gut zu erreichen. Sarinas Vater betrieb in Rietzneuendorf einen Landgasthof. Sie sollten abgeholt werden, aber der Plan ging nicht auf. Kein Auto wartete dort am Ende der Reise auf die Marzahner Mädchen.

Sarinas Vater war ziemlich beunruhigt, als die Mädchen an diesem Buß- und Bettag nicht bei ihm ankamen. Aus Berlin hörte er aber die Nachricht, dass die beiden wie abgesprochen mit dem Zug in Richtung Brand unterwegs waren.

Es wurden Vermisstenanzeigen aufgenommen und Zeugen ermittelt, die die Mädchen am Bahnhof Brand noch gesehen hatten. Dann verloren sich aber alle Spuren. Suchtrupps durchkämmten das waldreiche Gebiet um Brand. Vier Tage lang blieben sie verschwunden.

Janine fand man erdrosselt in einem Wald bei Ahrensdorf in der Nähe von Zossen, ungefähr 50 km von Brand entfernt. Sarinas Leiche wurde erst am 30. November 1991 gefunden, ca. 20 km südlich von Brand in einem Wald nahe der Stadt Luckau. Als Todesursache stellte der Gerichtsmediziner »massive Bluteinatmung, Halsstichverletzung und Brustkorbstichverletzung« fest. Sarina wurde zuvor vergewaltigt und misshandelt.

Von allen Versionen, die die Kriminalisten aufstellten, war nur eine einleuchtend. Als sich die Mädchen einsam und verlassen und ohne Abholdienst auf dem Bahnhof Brand sahen, werden sie zu Fuß nach Rietzneuendorf aufgebrochen sein, das in der Luftlinie nur drei Kilometer vom Bahnhof entfernt liegt. Der Mörder in seinem »Audi«, wie später ermittelt werden konnte, hatte sie mit Sicherheit per Anhalter mitgenommen und hoch und heilig versprochen, sie sicher nach Rietzneuendorf zu transportieren. Die Mädchen sind freiwillig in sein Auto gestiegen und haben die Gefahr nicht einmal geahnt.

An einem Fundort hatten die Kriminalisten eine abgerissene Gummitülle der Schwellerentlüftung entdeckt, die zu einem »Audi 100« passte. Das Teil hatte einen sehr geringen Wert, damals vielleicht eine Mark. Für die Ermittler war es aber von großem Wert, denn über dieses Gummiformteil konnte der Fall letztlich geklärt werden.

Viertausend Autos dieser Marke wurden daraufhin überprüft. Eine abgerissene Gummitülle ist, kriminalistisch gesehen, ein *Passstück*, das durch die Abrisskanten, durch die Art und das Alter des Materials, was identisch sein muss, sowie die gleichen Schmutzanhaftungen eindeutig einem Pkw zugeordnet werden kann; es *passt* sozusagen in die beim Auto entstandene Lücke.

In einem südlichen Berliner Stadtbezirk wurden die Kriminalisten schließlich fündig. Harald Schulze hatte das Auto am 21. November 1991 an einen VW-Händler in Steglitz verkauft. Einen Tag nach den beiden bestialischen Morden.

Nach dem damals 31-Jährigen wurde intensiv gefahndet, und schließlich schnappte zehn Tage später die Falle zu. Der Rinderklauen-Schneider und Vater von zwei Kindern, Harald Schulze, wurde von der Polizei verhaftet. Man entdeckte ihn in einer Berufsschule, denn er wollte seinem Leben eine neue Richtung geben. Er drückte wieder die Schulbank, weil er Justizbeamter (!) werden wollte. Daraus sollte nun plötzlich nichts mehr werden.

Ein Ermittlungsverfahren wurde eingeleitet, in seinen Beschuldigtenvernehmungen leugnete er hartnäckig. Er habe mit diesen beiden Morden rein gar nichts zu tun, das sollten die Kriminalbeamten doch endlich einmal zur Kenntnis nehmen. Die Gummitülle von irgendeinem »Audi 100«, das sei doch gar kein Beweis, nicht einmal ein Indiz.

Harald Schulze wurde jedoch immer schweigsamer, als die kriminaltechnischen Ermittlungsergebnisse vorlagen. An dem Klebeband, mit dem er Janine die Augen verklebt hatte, befand sich von ihm ein Fingerabdruck. Nun half kein Leugnen mehr. Er wurde am 3. März 1992 in Cottbus zu einer zweimal lebenslangen Freiheitsstrafe verurteilt.

Modus operandi wird in der Kriminalistik die typische Vorgehensweise eines Täters genannt. Verbrechen, die sich in der Ausführung ähneln, können, wenn die Begehungsweise individualisiert worden ist, ein und demselben Täter zugeordnet werden, was ungemein hilfreich ist und ermittlungstechnisch zu überraschenden Wendungen führen kann.

Nun war die Zeit nach 1990 auch für die Kriminalpolizei in Brandenburg eine durchaus schwierige Zeit. Die

Volkspolizisten und Kriminalisten aus dem Osten, meistens an der Basis, mussten erst einmal die Einsatz- und Führungslehre begreifen und auf das BRD-Recht und den Rechtsstaat eingeschworen werden, und es herrschte verbreitet eine große Zukunftsangst, wer von der neuen Polizei übernommen wird und wer nicht. Und die Beamten aus dem Westen, zumeist in den gehobenen und Führungspositionen, hatten mit dem sogenannten Aufbau Ost zu tun und konnten sich nicht immer in fachlicher Arbeit verlieren. In diesen etwas wirren Zeiten ist so manches kriminalistische Detail einfach nicht beachtet worden.

So hatte damals niemand erkannt, dass zwischen dem Mord an Maria Meißner und den beiden Morden an den Marzahner Schülerinnen eine gewisse Ähnlichkeit bestand. In allen drei Fällen nahm der Mörder junge Mädchen mit seinem Auto mit, die eine relativ kurze Strecke zu Fuß laufen wollten, und in allen drei Fällen wurden die Opfer vergewaltigt, misshandelt und getötet und in einiger Entfernung nach dem Transport mit einem Pkw im Wald abgelegt. Auch ein gemeinsamer Bezug nach Berlin war gegeben. Und auf der Decke, mit der Marias Leiche abgedeckt war, waren Tierhaare gesichert worden. Und Harald Schulze war von Beruf Rinderklauen-Schneider! Eine Gutachterin oder ein Gutachter namens H. Appelt hatte dem Kriminalistischen Institut der Deutschen Volkspolizei (KI) unter der Tagebuchnummer 627/88 damals im Fall Maria Meißner mitgeteilt, dass es sich bei der Spur 5 (zwei Haare von der Decke) möglicherweise um Haare von einem Rind handelt.

1995 war es dann so weit, die Fachleute beschäftigten sich endlich mit den Gemeinsamkeiten und Unterschieden in diesen drei Fällen. Sie entschlossen sich, Harald Schulze erneut zu vernehmen.

Dieser, so der Fortgang der Geschichte, weigerte sich aber hartnäckig, zum Fall Maria Meißner irgendeine Erklärung abzugeben. Er habe mit diesem Fall nichts zu tun. Das hatte er aber schon einmal ausgesagt. Diesmal sollte er aber Recht behalten.

Eine Bestimmung seiner DNA durch Gerichtsmediziner der Humboldt-Universität zu Berlin führte zum Ergebnis, dass Harald Schulze für den Mord an Maria Meißner nicht in Frage käme. Damit wartete der Mord an Maria Meißner weiterhin auf seine Aufklärung. Eine Hoffnung, die sich plötzlich aufgetan hatte, war wie ein Silberstreif am Horizont so schnell wieder verflogen, wie sie erschienen war.

Das Jahr 2002 strebte seinem Ende entgegen, und der Mörder von Maria Meißner war noch immer nicht gefasst. Chancen auf Aufklärung gab es nicht mehr, neue Spuren konnte es nicht geben, neue Hinweise auch nicht, nach 14 Jahren hatten die Angehörigen, die Zeugen, die Kriminalisten vieles schon vergessen oder sich, weil sie über diese Ereignisse schon so oft berichtet hatten, eine eigene Version zum Tatgeschehen gemacht, die von der Realität zum Teil erheblich abwich, sie manchmal sogar verdrehte.

Die Zeit heilt nicht nur alle Wunden, sondern sie heilt uns auch manchmal von allen Wundern, an die wir nicht mehr glauben. Dabei hätten es die Wunder verdient, dass wir sie ab und zu ernst nehmen.

Im 1. Kommissariat des Polizeipräsidiums Frankfurt (Oder), genauer in der Außenstelle Eberswalde, plante man zu ebendieser Zeit eine Überprüfung sogenannter Altfälle. Der Begriff sagt schon aus, dass es sich dabei um Verbrechen dreht, die stattgefunden haben, aber ohne Erfolg untersucht worden sind. Das heißt, der oder die Täter konnten nicht ermittelt und damit auch nicht überführt werden.

Die Beschäftigung mit Altfällen ist in der Regel eine ziemlich aussichtslose und deprimierende kriminalistische Tätigkeit. Oft fehlt auch die Zeit, sich mit alten Fällen zu beschäftigen, weil zu viele neue bearbeitet werden müssen. Und man muss sich die kindliche Eigenschaft, an Wunder zu glauben, bewahrt haben, den Zufall schätzen und kalkulieren können und fest an die eigenen Fachkompetenzen glauben mit dem unbedingten Willen, einen Fall nach so langer Zeit doch noch zu lösen.

Diplomkriminalist Michael Rösicke aus Eberswalde gehörte zu den Beamten, die sich unerschrocken den schon vor langer Zeit begangenen und unaufgeklärten Verbrechen zuwandten. Auf dem Kalenderblatt in seinem Büro, das er gerade abriss, las er einen weisen Satz von Mark Twain: »Die Zeit mag Wunden heilen, aber sie ist eine miserable Kosmetikerin.«

Nun ja, dachte er, die Wunden aus diesem Fall, dessen Akten er auf dem Tisch in seinem Kriminalbüro ausbreitete, werden bei vielen, die persönlich betroffen sind, niemals heilen. Da werden auch die ganze Verdrängung, Kosmetik und Therapie, um die Ereignisse zu vergessen, letztlich nicht viel geholfen haben.

Kriminalhauptkommissar Michael Rösicke hatte zu DDR-Zeiten Kriminalistik an der Humboldt-Universität zu Berlin studiert und eine Diplomarbeit zu Problemen der Forensischen Psychologie verfasst. Es ging darin um psychisch auffällige Bürger und ihre Integration in das gesellschaftliche Leben. Gesprächs- und Vernehmungspsychologie hatten ihn schon im Studium sehr interessiert, und zu seinen herausragenden theoretischen Kenntnissen gesellte sich im Verlaufe seines praktischen Kriminalistenlebens bei der Brandenburger Polizei ein großer Erfahrungsschatz im Umgang mit Beschuldigten, Verdächtigen und Zeugen. Dass er diese Fähigkeiten in diesem Fall noch einmal gebrauchen würde, wusste er zu diesem Zeitpunkt noch nicht, als er 60 Ermittlungsakten irgendwie zu sortieren versuchte.

Rösicke blätterte in einem Vorgang und zog intuitiv dabei in Erwägung, diesen Altfall noch einmal aufzurollen. Der Fall Maria Meißner. »Wiederaufnahme der Ermittlungen« wäre der richtige Fachbegriff für die Maßnahme. Asservate waren noch vorhanden, was heißt, dass die Kleidungsstücke des Opfers und auch andere persönliche Gegenstände, die sie in ihrer Tasche trug, noch aufbewahrt worden waren.

Das war und ist leider nicht bei allen Altfällen, vor allen Dingen aus der DDR, so. Aufgrund der Umstrukturierungen nach 1990 werden sich viele Fälle überhaupt nicht mehr aufklären lassen. Es gingen im Zuge der Auflösung von Dienststellen der Deutschen Volkspolizei und des MfS und der Einrichtung von neuen Dienststellen in den ostdeutschen Bundesländern wichtige Asservate bzw. Vergleichsmaterial für heute mögliche DNA-Untersuchungen verloren. Das ist insgesamt sehr, sehr bedauerlich.

Aber im Fall Maria Meißner war das nicht so. Die DNA-Analytik hatte sich etabliert, und dementsprechend erging ein Untersuchungsauftrag an das Landeskriminalamt Brandenburg, ob sich an den asservierten Kleidungsstücken auswertbare Täterspuren befänden.

Ehe der Fall Maria Meißner hier seinen Fortgang nimmt, etwas Begriffliches vorab: DNA ist im Englischen die Abkürzung von Desoxyribonucleic acid, im Deutschen heißt diese Säure Desoxyribonucleinsäure, was die deutsche Abkürzung DNS ergibt. DNA und DNS können also synonym Verwendung finden.

Über diese neuere Entwicklung der Untersuchung biologischer Spuren, die menschliches Zellmaterial mit DNS als Träger der genetischen Information enthalten, schreibt Frank Menzer in einem Fachbuch:

»Die Zuordnung einer Blutspur zu einer bestimmten Person oder der Ausschluss einer bestimmten Person als Spurenverursacher ist das angestrebte Ergebnis einer Vergleichsuntersuchung zwischen der Spur und ihren Merkmalen einerseits und den Eigenschaften von Vergleichsproben der in Betracht gezogenen Personen andererseits.

Die dafür bis in die neunziger Jahre des vorigen Jahrhunderts genutzten Möglichkeiten der Serologie im weitesten Sinne wurden durch molekularbiologische Untersuchungen, auch bekannt als sogenannter genetischer Fingerabdruck, ersetzt. Zur Untersuchung wird die in den kernhaltigen Zellen enthaltene Erbsubstanz DNS (englisch DNA) herangezogen. Dazu wird gegenwärtig ein aus bis zu 17 Systemen bestehendes DNS-Profil ermittelt, zu dem das Amelogeninsystem zur Feststellung der Geschlechtszugehörigkeit gehört.

Ergibt der Vergleich des Profils der Blutspur mit dem Profil der Mundschleimhaut auch nur ein abweichendes Merkmal, so ist diese Person als Spurenverursacher auszuschließen. Beim Vorliegen verwandtschaftlicher Beziehungen gilt der Ausschluss dann als sicher, wenn zwei bzw. drei nicht übereinstimmende Merkmale festgestellt sind.

Bei Übereinstimmung besteht eine sehr hohe Wahrscheinlichkeit dafür, dass der Spurenverursacher und die Vergleichspersonen identisch sind. Die Wahrscheinlichkeit dafür wird berechnet. Sie kann so hoch sein, dass kein begründeter Zweifel an der Identität möglich ist.«

An die Spurensicherung von biologischem Material sind, wie später noch nachgewiesen wird, besonders hohe Anforderungen zu stellen. Deshalb geben wir Frank Menzer noch einmal das Wort:

»Die dominierende Untersuchungsmethode in der Forensischen Biologie ist neben der Mikroskopie die DNS-Analyse, ein hochempfindliches Verfahren, das mit geringsten Spurenmengen eindeutige, kriminalistisch außerordentlich bedeutsame Ergebnisse liefert. Die hohe Empfindlichkeit der Untersuchungsmethode zwingt zu größter Sorgfalt beim Umgang mit Spurenträgern bzw. den Spuren. Unbedingt ist eine Kontamination mit Fremd-DNS zu vermeiden. Es muss verhindert werden, dass DNS-haltiges Material – etwa durch Husten, Niesen oder Anfassen mit bloßen Fingern – die Spur verunreinigt und damit das Untersuchungsergebnis verfälscht. Schon bei der Spurensuche ist durch Tragen von Schutzbekleidung, einschließlich Mundschutz, und die Benutzung von DNS-freien Spurensicherungsbestecks entsprechende Vorsorge zu treffen. Das betrifft auch alle nachfolgenden Untersuchungsschritte. Diese Vorsichtsmaßnahmen sind zwingend bei Straftaten der mittleren und schweren Kriminalität einzuhalten, und zwar selbst dann, wenn von vornherein, zum Zeitpunkt der Tatortarbeit, nicht sicher ist, ob DNS-Analysen im weiteren Verfahren erforderlich werden.«

Im Fall Maria Meißner suchte man den asservierten Rock ab, den die Hauptabteilung IX/7 des Ministeriums für Staatssicherheit gut gekühlt aufbewahrt und 1989 der Kriminalpolizei übergeben hatte. Es konnten Spermien gefunden werden, die für eine Typisierung geeignet erschienen. Nach dem einen Wunder folgte sogleich ein zweites: Die Typisierung gelang, so dass das Ergebnis dieser Untersuchung am 12. Dezember 2003 dem zuständigen Fachkommissariat in Eberswalde übermittelt werden konnte. Und nicht nur das. In der DNA-Analyse-Datei gab es einen Treffer, der besser als Volltreffer bezeichnet werden könnte. Als Verursacher der Spermaspur konnte der 48-jährige Ralf Gutermuth ermittelt werden.

Das festgestellte DNA-Muster, so berechneten die Sachverständigen, gab es, statistisch gesehen, nur einmal unter rund 2,17 Billiarden Menschen.

Der Aufenthaltsort von Gutermuth war schnell ermittelt, und nur zwei Stunden später konnte er in seinem Wohnort Döbeln in Sachsen festgenommen werden. Es wurde eine B-Probe durch einen Wangenschleimhautabstrich genommen. Und jetzt ging es Schlag auf Schlag. Am 14. Dezember 2003 teilte das Landeskriminalamt Brandenburg mit, dass die DNA von Spermaspur und Vergleichsspur zweifelsfrei übereinstimmten. Somit war nun sicher bewiesen, dass die Spermaspur am Rock von Maria Meißner von Ralf Gutermuth stammte.

Das war zwar schon ein sehr schöner Erfolg für Michael Rösicke und seine Kollegen, aber der Weg bis zur Wahrheit und bis zur Überführung des Täters war noch lang.

Ralf Gutermuth, verheiratet und Vater dreier Kinder, war erst wenige Tage zuvor aus der Haft entlassen worden – wegen guter Führung auf Bewährung. Vom 5. März 2001 bis zum 9. Dezember 2003 verbüßte er eine Freiheitsstrafe wegen zweier Vergewaltigungen, wobei die erste Tat bereits mehr als zehn Jahre zurücklag. Für beide Verbrechen wurde er vom Landgericht Dessau wegen Vergewaltigung im besonders schweren Fall verurteilt, und zwar zu einer Gesamtstrafe von vier Jahren. Nach Verbüßung von zwei Dritteln der Haftzeit wurde der Zeitrest für drei Jahre auf Bewährung ausgesetzt und Ralf Gutermuth vorzeitig entlassen, da für ihn eine gute Prognose erstellt worden war.

Die Justizvollzugsanstalt verließ Gutermuth am 9. Dezember 2003 um 8.15 Uhr, und schon um 12 Uhr führte er seine günstige Sozialprognose ad absurdum. Er verabredete sich um 15 Uhr in Leipzig mit einer auffallend kindlich aussehenden Prostituierten; beide einigten sich, dass die junge Frau gegen Bezahlung bei ihm den Oralverkehr durchführt. Dazu fuhren sie mit einem Auto aus der Stadt heraus und suchten einen abgelegenen Ort auf, und gegen Bezahlung leistete die junge Frau ihren sexuellen Dienst. Dann fiel Gutermuth über sie her und nahm gewaltsam an ihr verschiedene sexuelle Handlungen vor – ohne Bezahlung. Bemerkenswert ist, dass dieses Verbrechen erst im Zuge der Ermittlungen zum Tod von Maria Meißner bekannt geworden war, was zu einer Anzeige von Amts wegen führte. Auch andere Sexualstraftaten von Ralf Gutermuth kamen ans Tageslicht.

Im Laufe des Verfahrens wurde die Persönlichkeit des Täters Ralf Gutermuth eingehend erforscht. Die forensisch-psychiatrischen Gutachter konnten keine Anhaltspunkte für eine psychische Erkrankung und damit keine krankhafte seelische Störung feststellen. Auch bestand bei einem IQ von 110, einem Wert, der im guten Durchschnitt liegt, keine relevante Intelligenzminderung. Bestimmte akzentuierte Charaktereigenschaften (emotionale Labilität, Neigung zu hoher Reiz- und Erregbarkeit, Dominanzstreben und wenig Toleranz gegenüber anderen) hatten im Hinblick auf die ihm angelastete Straftat keinen Krankheitswert, so dass auch keine andere seelische Abartigkeit vorlag. Damit war Ralf Gutermuth weder schuldunfähig wegen seelischer Störungen (§ 20 StGB) noch vermindert schuldfähig (§ 21 StGB), wobei diese Aussage auch auf die Regelungen des Strafgesetzbuches der DDR (§§ 15 und 16 StGB), das ja zur Zeit der Tat galt, bezogen wurde.

Nun stand Michael Rösicke vor der schwierigen Aufgabe, den Mörder von Maria Meißner eindeutig zu überführen und einen Mord zu beweisen. § 78 StGB bestimmt, dass Verbrechen nach § 211 StGB (Mord) nicht verjähren. Und es war offenkundig, dass die Spermaspur am Rock von Maria Meißner nur beweist, dass Sperma des Täters auf den Rock gelangt ist – ungefähr um den Zeitpunkt herum, als das Mädchen zu Tode kam. Sie beweist nicht, dass der Täter sein Opfer auch getötet hat.

Andere Verbrechen waren also in Betracht zu ziehen, die den Beschuldigten insofern vor der Strafverfolgung schützen würden, als die minder schweren Taten nach 15 Jahren bereits verjährt waren. Das waren vor allem Vergewaltigung, Totschlag und Körperverletzung mit Todesfolge.

Die Schwierigkeiten, vor denen die Kriminalisten standen, ließen sich wie folgt umschreiben. Würde Ralf Gutermuth sein Aussageverweigerungsrecht in Anspruch nehmen, also gar nichts zur Sache sagen, hätten die Richter nur ein Indiz, nämlich seine Spermaspur auf dem Rock von Maria Meißner. Eine Verurteilung wegen Mordes wäre überhaupt nicht möglich gewesen. Würde er dagegen etwas sagen und nur eine Vergewaltigung eingestehen, wäre das zwar ein Teilgeständnis, aber ein Mord wäre damit nicht bewiesen. Es würde die Verjährung greifen, und das Verbrechen bliebe letztendlich ungesühnt.

Die Strategie von Michael Rösicke bestand deshalb darin, freundlich mit dem Beschuldigten umzugehen, seine Aussagebereitschaft zu fördern und bis zum Ende des Ermittlungsverfahrens aufrechtzuerhalten, denn wer viel redet, verwickelt sich auch in Widersprüche. Das war aber nur eine Seite der Medaille. Vor allen Dingen ging es darum, dem Beschuldigten kein Täter- und Tatwissen zu offenbaren, sondern er musste in der Vernehmung so geführt werden, dass er selbst Täterwissen preisgibt, also Tatsachen einräumt, die nur der Täter wissen kann. Und zwar der Mörder!

Alle gut ausgebildeten und praxiserfahrenen Kriminalisten sollten nämlich wissen: In der Befragung und Vernehmung ist es immer besser, allgemeine Informationen zu geben als Details der Tat zu benennen. Täterwissen, so heißt es in der Fachliteratur, sind die im Bewusstsein des Täters gespeicherten Wahrnehmungen von der Tathandlung sowie Kenntnisse und Erfahrungen, die er zur Durchführung der Straftat nutzte bzw. die er durch sie erlangte. Es ist also täterspezifisches Tatwissen.

Die schwierige Aufgabe in der Vernehmung bestand also darin, einerseits Informationen vom Beschuldigten zu erhalten, und zwar solche, die ihn als Mörder überführen, und andererseits diesen stets in seinem Verhalten zu motivieren.

Als Michael Rösicke das erste Mal in der Vernehmung mit Ralf Gutermuth zusammentraf, war die Situation entspannt, was nicht unbedingt zu erwarten war. Es zeigte sich wieder, dass Mörder, ja auch Serienmörder, eigentlich ganz sympathisch wirken können, wenn man die Hintergründe nicht weiß. Gutermuth ließ sich unbefangen auf ein Gespräch ein, war emotional ausgeglichen (jedenfalls wirkte er so) und zeigte sich sogar ein wenig neugierig. Diese unbefangene Neugierde bezog sich wohl mehr darauf, dass er bis zu diesem Zeitpunkt gar nicht wusste, warum er erneut festgenommen worden war.

»Guten Tag, Herr Gutermuth! Bitte nehmen Sie Platz. Ich bin Hauptkommissar Rösicke und habe Ihren Fall zu untersuchen. Nun ja, unseren Fall. Sie verstehen schon.« Rösicke drückte dem Beschuldigten zur Begrüßung die Hand, die trocken war und eine gewisse Selbstsicherheit verriet. »Wie geht's denn so im Leben?«

»Na ja, nicht so gut. Kaum raus aus dem Bau, und schon sitze ich wieder drin. So schnell kann ich gar nicht Gefühle wechseln. – Aber sonst geht's ganz gut. Aber sagen Sie jetzt mal, warum bin ich wieder verhaftet worden? Ich habe doch gar nichts gemacht.«

»Das sagen alle«, erwiderte der Vernehmer.

»Nein, wirklich nicht. Ich habe mir nichts vorzuwerfen.«

»Wirklich nicht? Ich will es unumwunden sagen. Sie werden beschuldigt, im Juli 1988 ein Mädchen vorsätzlich getötet zu haben.«

Es entstand eine kleine Pause. Einen Augenblick lag Unentschlossenheit auf Gutermuths Gesicht. Dann bewirkte ein gewichtiger Gedanke, dass es für ganz kurze Zeit zu einer Maske erstarrte. Man sah ihm an, dass er getroffen war und gedanklich einige Varianten seiner Verteidigungsstrategie durchspielte, nicht ganz klar und zusammenhängend, mehr in Fetzen. Seine gespielte Gleichgültigkeit war verschwunden, und in seinen Augen sah der Vernehmer, dass er nun hellwach war und auf der Lauer lag.

Das Maskenhafte verschwand wieder, und Gutermuth manövrierte auf seinem Stuhl herum, um das Licht mehr im Rücken zu haben. Er wollte keinesfalls, dass der Vernehmer seine Gefühle vom Gesicht ablesen konnte.

Wider Erwarten entspannte sich aber die Situation

schnell. Zunächst murmelte er nur: »Mann, das ist ja lange her ... Wie soll ich mich daran noch erinnern können?«

Der Vernehmer belehrte den Beschuldigten, so wie es das Gesetz vorschreibt. § 136 StPO bestimmt, dass es ihm freistehe, sich zu der Beschuldigung zu äußern oder nicht zur Sache auszusagen und jederzeit, auch schon vor seiner Vernehmung, einem von ihm zu wählenden Verteidiger zu beauftragen.

Ralf Gutermuth hatte es die Sprache verschlagen, aber er machte nicht den Eindruck, als wenn er fortan nur noch schweigen würde. Deshalb hakte Rösicke nach: »Noch einmal zum Ausgangspunkt. Denken Sie bitte nach, da war doch irgendetwas gewesen. Und es gibt Ereignisse im Leben, die man überhaupt nicht vergessen kann. Niemals. Auch Sie nicht, Herr Gutermuth.«

In der nächsten Pause, in der sich Gutermuth auf seinem Stuhl hin und her bewegte wie ein Eisbär im Zoo, reifte ein Entschluss in ihm. Laut Gesetz hatte er ja ohnehin jetzt das Recht, sich zur Beschuldigung zu äußern. Und man kann ja alles, was man getan oder unterlassen hatte, immer so oder so auslegen.

»Ja, ja, es stimmt. Bestimmte Sachen vergisst man nicht. Ich kann mir nur vorstellen, dass es bei der mir vorgeworfenen Sache um die geht, die damals in der Veltener Gegend passiert ist.«

»Was ist denn damals in der Veltener Gegend passiert?«

»Ich wohnte damals in Berlin und arbeitete als Kraftfahrer bei einem Zeitungsverlag. Ich hatte einen Kleintransporter vom Typ B 1000, und zwar in einer besonderen Ausführung. Es war ein Auto mit Pritsche und einer

Planenverkleidung. Ein solches Auto gab es nicht allzu oft in der DDR. Es fiel schon auf, wenn ich damit unterwegs war. In Velten gab es eine Druckerei, die ich regelmäßig anfahren musste, und auch damals im Sommer hatte ich wieder in Velten zu tun. Per Anhalter nahm ich ein junges Mädchen mit, die zum Baden an den Autobahnsee nach Velten wollte. Ich glaube, der Bus war damals nicht gefahren. Die Kleine war freiwillig eingestiegen und hatte sich dann auf den Beifahrersitz gesetzt. Und die Fahrt ging los, denn ich hatte ja versprochen, sie am Autobahnsee abzusetzen.«

»Und dann?«, Michael Rösicke sah den Beschuldigten unverwandt an, als würde er ihn wie mit einer Geisterformel beschwören, nun die ganze Wahrheit zu sagen.

»Na, und dann kam mir in den Sinn, die Kleine zu vergewaltigen. Irgendwie war ich plötzlich nicht mehr Herr meiner Sinne. Ich bin von der Straße abgefahren, habe das Mädchen gewaltsam aus dem Fahrzeug geholt und es auf die Ladefläche gebracht, die ja mit einer Plane verdeckt war. Ich habe sie an die Gestellstäbe der Planenverkleidung gefesselt und vergewaltigt, bis es mir kam. Sie verstehen schon, Herr Kommissar.«

Die weiteren Details ersparen wir uns. Nach dem Verbrechen überfiel Ralf Gutermuth zwar keine Reue, aber immerhin dachte er, dass er nun noch eine gute Tat vollbringen muss. Nach dem zugegebenen Verbrechen konnte er nach seiner Aussage durch einen Schlitz der Plane erkennen, dass ein älterer Mann vorbeikam: »Ich wollte ja das Mädchen an dieser Stelle freilassen, bestimmt, aber das ging ja nun nicht mehr, weil eben dieser Mann da war. Ich fuhr dann wieder los, das Mädchen blieb hinten gefesselt auf der Pritsche liegen. Als ich mir sicher war, dass mich niemand mehr beobachtete, legte ich das Mädchen irgendwo in der Nähe eines Straßengrabens ab; weit kann ich nicht gefahren sein. Ich wollte natürlich, dass das Mädchen schnell gefunden wird, sie stand ja völlig unter Schock. Ihr sollte dann geholfen werden, glauben Sie mir das. Ich fuhr dann weiter und war froh, dass ich keinem weiter begegnet bin. Wirklich, so ist es gewesen.«

So weit, so gut, oder viel besser so schlecht. Schon jetzt wurde nur zu deutlich, dass sich Gutermuth, wie andere Beschuldigte zuweilen auch, in einer Konfliktlage befand. Er sollte, wenn möglich, die Wahrheit sagen und damit auch beim Vernehmer einigermaßen erfreulich ins Bild kommen, zur vorgeworfenen Straftat Stellung beziehen, aber all dies unter Berücksichtigung der Konsequenzen, die sich aus seiner Aussage ergeben würden. Daraus entstand beim Beschuldigten eine Verhaltensentscheidung, die die Art und Weise der Rechtfertigung der Tat, soweit diese zu rechtfertigen ging, sowie das Konzept und die Taktik seines Vorgehens in jedem Moment der Vernehmung einschloss.

Und Michael Rösicke erkannte, dass es noch ein weiter Weg bis zu einer wahrheitsgetreuen Aussage war, denn getötet haben wollte der Beschuldigte Maria Meißner nicht. Das gute Märchen vom bösen Mann lief darauf hinaus, dass das Opfer ja so schnell wie möglich lebend gefunden werden sollte.

Wenn es sich tatsächlich um den Mörder handelte, so ergaben sich aus der Einstellung zur Tat auch nach 15

Jahren, den möglichen Folgen der Bestrafung, der Einsicht in die Unausweichlichkeit einer Verurteilung oder gar aus der Überzeugung, dass ihm der Mord nicht mehr nachgewiesen werden kann und er deshalb, sozusagen als Entgegenkommen, die Vergewaltigung eingeräumt hat, ganz unterschiedliche Modalitäten der Aussage, die von Mal zu Mal variieren konnten. Und die, und das wusste der erfahrene Kriminalist nur zu gut, nicht einfach und gradlinig zu wahren oder zu falschen Aussagen führen.

Was also tun? Eine gute Strategie war, den Ereignissen von damals ein wenig die Dramatik zu nehmen, den Tatbeitrag des Beschuldigten, wozu auch immer, zu verharmlosen, ihm scheinbar zu glauben, dass er mit dem Mord wohl doch nichts zu tun gehabt hatte. Denn dieser wusste ja aus früheren Ermittlungs- und Gerichtsverfahren, dass sich durch Teilgeständnisse der eigene Tatbeitrag herunterspielen ließ, was vor allen Dingen die Richter immer wohlwollend zur Kenntnis nahmen. Richter kann man in Deutschland stets mit Geständnissen erfreuen, und oft wird sich vor den Schranken des Strafgerichts gar nicht die Frage gestellt, ob das Geständnis wahr oder falsch ist. Geständnisse sind immer wahr, und ein Teilgeständnis ist besser als gar keines.

Geschickt ging der Kriminalist nicht gleich zum eigentlichen Thema über. Ihm war klar, dass, wenn die Vernehmung auch nicht mit dem angestrebten Ergebnis endet, eine gründliche Analyse der bisherigen Äußerungen von Gutermuth in aller Regel weitere Informationen erbringt, die für die Ermittlung oder auch für eine noch bessere taktische Vorbereitung und Durchführung einer zweiten

Vernehmung genutzt werden können. Im Allgemeinen, so sagte auch die Erfahrung, ist es ja so, dass eine längere Vernehmung oder Befragung tiefere Einblicke in die Persönlichkeit des Vernommenen eröffnet, auch, wenn diese Thematik als Vernehmungsgegenstand gar nicht gesondert behandelt wurde.

Also, dachte Rösicke, Gutermuth muss reden, reden, reden, es darf nicht zur Konfrontation oder zur Pause kommen. Nur wenn viel geredet und gesagt wird, purzeln die Widersprüche und möglicherweise auch die Elemente des Täterwissens auf den Vernehmertisch, der die beiden Kontrahenten voneinander trennte.

Gutermuth fühlte irgendwie, dass er heute gut aus der Gefahrenzone herausgekommen war, doch hier trog der Schein. Nach detaillierten Fragen zur Kontaktaufnahme und zur Vergewaltigung ging es zwar inhaltlich knallhart, aber weich im Tonfall weiter.

»Das Mädchen ist mit einem Strick um den Hals tot in der Nähe einer Fernverkehrsstraße aufgefunden worden.«

»Ich kann mich nicht daran erinnern, dem Mädchen einen Strick um den Hals gelegt zu haben. Gleichzeitig schließe ich für mich aus, dass sich das Mädchen selbst mit dem Strick getötet hat. Wenn Sie mir sagen, dass das Mädchen mit einem Strick um den Hals tot aufgefunden worden ist, dann muss ich sie ja getötet haben, weil ja kein Dritter dabei war. Jedenfalls habe ich keinen gesehen. Hmm.«

»Sie sind doch in Bergen auf der Insel Rügen geboren?«

»Ja.«

»Das klingt ja sehr nach einer maritimen Vergangenheit.«

»Was für eine Vergangenheit?«

»Na, so mit Meer und Schiffen. Und mit Seeleuten. Haben Sie spezielle Kenntnisse im Binden von Knoten?«

»Ja, die habe ich. Aber die haben mit diesen ganzen Seemannsknoten nichts zu tun. Ich habe den Beruf eines Baufacharbeiters gelernt, und in der Ausbildung lernte ich einen Knoten, der die Bezeichnung ›Zimmermannsschlag‹ hat. Soll ich den mal vorführen? Den kann ich heute noch perfekt. Das ist aber wirklich der einzige besondere Knoten, den ich beherrsche.«

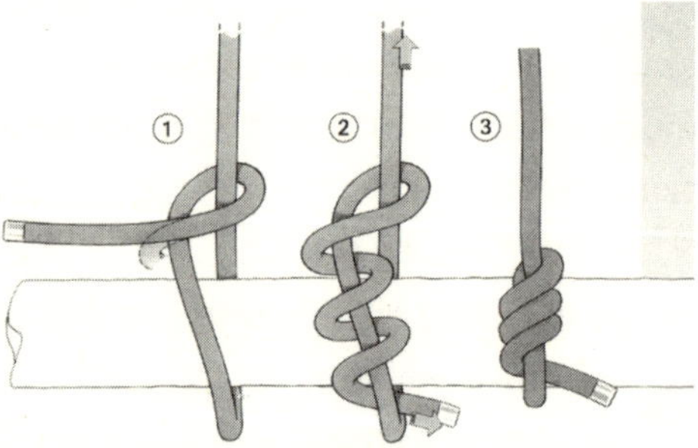

Zimmermannsstek
Aus: Gordon Perry: Knoten. 100 bewährte Knoten Schritt für Schritt erklärt. Gondrom Verlag GmbH. Bindlach 2004, S. 101

Ralf Gutermuth wurde nachdenklich, als seine Worte herausgesprudelt waren. Was soll die Fragerei mit den Knoten? Was führt der Vernehmer im Schilde? Aus diesem Konglomerat von Gedanken entsprang plötzlich wie aus dem heißen Schlund eines Vulkans eine Frage: »Können Sie mir sagen, welcher Knoten bei dem Mädchen gefunden wurde?«

Die Antwort des Vernehmers kam prompt. »Das war der sogenannte ›Zimmermannswurf‹. Das ist nur ein anderer Name für den Zimmermannsschlag.«

»Also doch«, meinte der Befragte, »es wird mir immer mehr klar und ich bekomme immer mehr die Gewissheit, dass ich es vielleicht doch gewesen bin. Oder? Ich kann mich gar nicht erinnern, was damals mit mir los war.«

Rösicke blieb fest am Ball. »Der Strick um den Hals des Mädchens war mit einem solchen ›Zimmermannswurf‹ zugezogen. Fällt Ihnen in diesem Zusammenhang noch etwas ein, was irgendwie wichtig wäre?«

»Das ist genau der Punkt, worüber ich nachdenke.« Und nach einer ziemlich langen Pause: »Waren denn die Hände genauso festgebunden?«

»Ja.«

Der Vernehmer ließ Gutermuths Aussagen und Antworten so stehen, kommentierte nichts, zeigte sich nach wie vor freundlich und kooperativ. Bei einer weiteren Vernehmung demonstrierte der Beschuldigte dann auch die Fesselung der Hände des Mädchens auf dem Rücken.

Zwischenzeitlich war die »Spur« Druckerei in Velten in der Luisenstraße 45 aufgeklärt worden, die *Osthavellanddruck* hieß und ein Zweigbetrieb der Druckerei *Märkische Volksstimme* in Potsdam war. Sie hatte die Funktion einer sogenannten Kreisdruckerei für den damaligen Kreis Oranienburg. All diese Betriebe gehörten der *Zentrag* – wie auch die meisten Verlage in der DDR. Nach Velten führte der Weg von Ralf Gutermuth in regelmäßigen Abständen, so auch am 1. Juli 1988.

Durch Recherchen und Vernehmungen des Beschuldigten konnte die sehr komplexe Spurenlage an der Wolldecke geklärt werden, mit der das Opfer aufgefunden worden war. Woher kamen die Tierhaare, die auf der Decke gesichert worden waren?

Auf der Ladefläche von Gutermuths Kleintransporter vom Typ B 1000 lagen immer graue Decken und Stricke, die er zur Sicherung seiner Fracht benötigte. Es stellte sich heraus, dass es zu seinen Aufgaben gehörte, das betriebseigene Ferienobjekt in Bad Schandau zu beliefern, wo es seit dem Jahr 1987 einen Streichelzoo gab – mit Eseln, Pferden, Zwergziegen und Hunden. Als Kraftfahrer hatte Gutermuth die Aufgabe, Baumaterial für den Streichelzoo und zunächst sogar das Tierfutter aus Berlin nach Bad Schandau zu transportieren. An Decken herrschte dabei kein Mangel; manchmal verblieben die Decken im Zoo und wurden dann bei der nächsten Fahrt wieder mitgenommen, wobei andere Decken zurückgelassen wurden. Das war so etwas wie ein ständiger Wechsel der Transportdecken.

Das Schicksal des Planwagen-Transporters B 1000, eines ziemlich auffälligen Fahrzeuges, beschrieb Ralf Gutermuth übrigens sowohl im polizeilichen Ermittlungsverfahren als auch in der Gerichtsverhandlung. Nach dem 1. Juli 1988 hatte er große und berechtigte Angst, dass sein Auto ihn verraten könnte, denn es hatte ein markantes Aussehen, das im Straßenbild der DDR relativ selten war. Schließlich musste er auch danach nach Velten in die Druckerei! Das Dienstfahrzeug sei dann aber ungefähr einen Monat nach dem Verbrechen in einen Unfall verwickelt gewesen und vollständig ausgebrannt. Nun brauchte er keine Angst mehr zu haben, weil der B 1000 nicht mehr identifiziert werden konnte.

Aus heutiger Sicht ist bemerkenswert festzustellen, dass sich in den Akten keinerlei Hinweise auf diesen Planwagen-Transporter haben finden lassen. Offenbar war er zu diesem Zeitpunkt in der Gegend nicht aufgefallen, was auch heißt, dass seine Angst vor Entdeckung unberechtigt war. Aber das konnte er ja nicht wissen.

Ralf Gutermuth hatte sich mehrfach verraten. Nicht nur durch die gesicherten Tierhaare, die ja nur bewiesen, dass diese eine Wolldecke mit hoher Wahrscheinlichkeit zu seinem Transporter gehörte, womit natürlich der Mord auch nicht bewiesen werden konnte. Aber, durch die Vernehmungssituation herausgefordert, hatte sich Gutermuth nicht nur in Widersprüche verwickelt, er hatte exzellentes Täterwissen offenbart.

Michael Rösicke hatte ja gerade die Strategie gehabt, nur die allernotwendigsten Fakten preiszugeben, damit Gutermuth später nicht sagen konnte, all sein Wissen von der Tat habe er den Worten des Vernehmers entnommen. So war nur die Rede davon, dass das getötete Mädchen einen Strick um den Hals hatte, von einem Knoten hatte er überhaupt nicht gesprochen. Als Gutermuth nachfragte, welcher Knoten denn bei dem Kind vorgefunden wurde, hatte er Täterwissen offenbart, indem er zugab, von der Verknotung des Drosselwerkzeuges zu wissen. Auch die Handfesseln hatte Rösicke nicht erwähnt, aber der Beschuldigte fragte, ob die Hände des Mädchens genauso festgebunden waren. Bei der Demonstration der Händefesselung, die ja vorn oder hinten erfolgen kann, fesselte Gutermuth die Hände auf dem Rücken zusammen. Wieder eine Tatsache, die in den Vernehmungen zuvor überhaupt keine Erwähnung fand. Nun ja, alles auch keine Beweise für einen Mord, alles Indizien, die den Beschuldigten aber sehr belasteten.

Der entscheidende Widerspruch in seinen Aussagen konnte mit einer sehr markanten Spur aufgedeckt werden. Gutermuth hatte ja behauptet, dass er Maria Meißner per Anhalter auf einer öffentlichen Straße mitgenommen hatte, dann aber den Entschluss fasste, das Mädchen zu vergewaltigen. Dazu fuhr er in einen Waldweg, fesselte das Opfer auf der Ladefläche des Planwagens und missbrauchte es.

An der rechten Körperseite der Leiche war Flugsand nachgewiesen worden, der nachweislich nicht vom Fundort der Leiche stammte. Wo Maria Meißner das letzte Mal von den vier Zeugen lebend gesehen wurde, führte ein Weg durch einen Wald über die Autobahn direkt zum Strand des Autobahnsees. Dort befand sich eben dieser Flugsand, der auch an der Leiche des Mädchens gesichert wurde. Zur Zeit der Tat war es Gutermuth leicht möglich, von der Autobahn in diesen Waldweg einzubiegen und auch wieder auf die Autobahn aufzufahren, was eine günstige Gelegenheit zur Flucht bot.

Aufgrund der Zeugenaussagen, der Flugsandanhaftung und der Fluchtmöglichkeit per Kleintransporter konnte die Aussage Gutermuths widerlegt werden, dass er das Kind per Anhalter mitgenommen habe. Vielmehr kam eine ganz andere Version ins Spiel. Der Täter hatte zu dem Mädchen als Fußgänger selbst Kontakt aufgenommen und begleitete es auf dem Weg durch die Siedlung und durch den ca. 500 Meter entfernten Wald – auf dem Waldweg, der direkt zum Autobahnsee führte. In dem Wald überwältigte er das Opfer, vergewaltigte und tötete es. Nach dem Verbrechen verbrachte er das Mädchen in das dort abgestellte Fahrzeug und trat über die Autobahn die Flucht an.

Die Last der Beweise war zu groß; im Ermittlungsverfahren gestand Ralf Gutermuth schließlich, Maria Meißner nach der Vergewaltigung getötet zu haben, um die einzige Zeugin und das Opfer seiner bestialischen Tat aus dem Weg zu schaffen. In der Kriminologie spricht man in diesem Fall von einem Verdeckungsmord.

Im Schlussbericht der Kriminalpolizei an den Staatsanwalt wurden alle Indizien und Beweise gegen Ralf Gutermuth akribisch zusammengefasst, woraufhin die Staatsanwaltschaft Anklage erhob und das zuständige Gericht die Eröffnung des Hauptverfahrens beschloss. So war, strafprozessual gesehen, Ralf Gutermuth vom Verdächtigen, über den Beschuldigten, Angeschuldigten (Erhebung der öffentlichen Klage) zum Angeklagten geworden. Aber ist er auch der Mörder von Maria Meißner? Vor Gericht widerrief er sein Geständnis, und ohne Geständnis war das zweifellos eine schwierige Frage, die das Gericht nun beantworten musste. Denn das Eingeständnis aus den Vorermittlungen konnte das Gericht nur noch indirekt für seine Urteilsfindung heranziehen. So ist nun einmal die Rechtslage.

Vor der 2. Strafkammer des Landgerichts Frankfurt (Oder) begann am 5. August 2004 der Prozess gegen Ralf

Gutermuth. Ihm wurde vorgeworfen, am 1. Juli 1988 die Berliner Schülerin Maria Meißner ermordet zu haben.

Marion Meißner, Marias Mutter, war jeden Prozesstag dabei. Sie hatte 15 Jahre lang gehofft, dem Mörder ihrer Tochter einmal gegenüberzustehen und ihm in die Augen zu sehen, und zwar vor den Schranken des Gerichts, damit er seine gerechte Strafe erhielt. Hans-Dieter Meißner, ihr Mann, war im Gerichtssaal nicht anwesend. »Er ist nach dem Tod seiner Tochter an der Seele erkrankt«, sagte Marion Meißner einer Journalistin. »Fünf Jahre nach der Ermordung seiner Tochter starb er an Krebs.«

Auch Michael Rösicke, Hans Ehrlich und andere Kriminalisten, die damals an der Untersuchung des Falles mitwirkten, saßen im Gerichtssaal und verfolgten den Prozess mit außerordentlicher Spannung.

Das letzte Wort gehört immer dem Angeklagten. Der kräftige, untersetzte Ralf Gutermuth, mit einer blauen Mütze tief ins Gesicht gezogen, hatte auch in seinem Schlusswort gestanden, am 1. Juli 1988 Maria Meißner unweit des Nacktbadestrandes am Autobahnsee vergewaltigt zu haben. Marias Mutter bat er unter Tränen um Verzeihung. Er räumte eine »Mitverantwortung« am Tod ihrer Tochter ein, erläuterte diese aber nicht näher. Er soll Maria Meißner umgebracht haben? Daran konnte er sich im Verlaufe des ganzen Prozesses nicht erinnern. Immerhin hatte er in der Voruntersuchung ein glaubhaftes Geständnis abgelegt.

Dennoch wertete der Richter Matthias Fuchs in seiner Urteilsbegründung, dass Ralf Gutermuth Vergewaltigung und Mord zunächst bei der Polizei gestanden, dann aber bezüglich des Mordes sein Geständnis widerrufen hatte, was zu berücksichtigen sei.

Zu den Feststellungen der 2. Strafkammer schreiben Ingo Wirth und Mike Rößler in einem wissenschaftlichen Beitrag zu diesem Fall:

»Zum Tatgeschehen stellte die Kammer fest, dass sich der Angeklagte nach der Vergewaltigung entschloss, das Mädchen zu töten, um sich dadurch einer Bestrafung zu entziehen. Er drosselte und drückte den Hals so lange kraftvoll zu, bis sein Opfer infolge der Halskompression verstarb. Es ist naheliegend, dass die Tötungshandlung bereits am Ort der Vergewaltigung vorgenommen wurde, denn ein Täter, der die Aufdeckung der vorangegangenen Tat durch die Tötung seines Opfers verhindern will, wird sich kaum der Gefahr einer Entdeckung aussetzen, indem er mit dem lebenden Opfer auf der Ladefläche kilometerweit über Fern- und Landstraßen fährt. Nach dem Ablegen des toten Mädchens in einer Schonung mit Farnkraut breitete er eine Wolldecke über den Leichnam aus, um ein Auffinden des Opfers zu erschweren. Dann holte er von der Ladefläche seines Fahrzeugs noch Rock und Schlüpfer des Kindes und warf die beiden Kleidungsstücke unweit der Leiche in den Wald. Danach begab er sich auf den Nachhausweg, bemerkte aber wenig später die Umhängetasche des Mädchens neben sich auf dem Beifahrersitz. Er hielt noch einmal an, lief in den angrenzenden Wald und warf die Tasche etwa 30 m von der Straße entfernt in das Unterholz.«

Da die Tat im Jahr 1988 begangen wurde, musste in dem Strafverfahren gegen Ralf Gutermuth nach DDR-Strafrecht geurteilt werden. Das sah mildere Strafen als das Strafrecht der BRD vor. Nach dem festgestellten Sachverhalt hatte sich der Angeklagte des Mordes nach § 112 Absatz 1 StGB der DDR schuldig gemacht; auf Mord wurden im DDR-Strafgesetzbuch Haftstrafen von 10 bis 15 Jahren oder lebenslänglich angedroht. Nach bundesdeutschem Recht lag ein Verdeckungsmord im Sinne des § 211 StGB vor, der grundsätzlich mit lebenslanger Freiheitsstrafe geahndet wird. Im Vergleich zum § 211 StGB handelte es sich wegen der Möglichkeit der Verhängung einer zeitigen Freiheitsstrafe beim § 112 Absatz 1 StGB der DDR um das mildere Gesetz, so dass es weiterhin anzuwenden war.

Die Staatsanwältin Anette Bagenda forderte eine lebenslange Haft wegen Mordes. Nach ihrer Überzeugung zerrte der Angeklagte das Mädchen auf die Ladefläche des Pritschenwagens und fesselte dort ihre Hände auf dem Rücken; er schlug das Kind, das sich heftig wehrte, und missbrauchte es. Dann fuhr er mit dem verletzten Mädchen auf der Ladefläche in einen Wald bei Schönwalde. Dort schlang er ihr einen Strick um den Hals und zog zu. Der Angeklagte hatte große Angst, vom Opfer angezeigt zu werden.

Die Verteidigung dagegen forderte Freispruch. Freispruch? Wie könnte denn ein Freispruch in diesem schrecklichen Mordfall begründet werden?

Ralf Gutermuth hatte die Vergewaltigung vor Gericht gestanden, nicht aber den anschließenden Mord. So stand der Richter Matthias Fuchs vor einer kniffligen Aufgabe. Der Angeklagte schob Erinnerungslücken vor, Zeugen für den Mord gab es nicht, und der einzige feste Zusammenhang zum Tatgeschehen ergab sich aus der Tatsache, dass 15 Jahre nach dem Verbrechen am roten Rock von Maria Meißner Spermaspuren vom Angeklagten nachgewiesen werden konnten.

Doch die Spurenlage war auf der anderen Seite auch verwirrend. Bei der Obduktion der Leiche wurden Spermaspuren im Intimbereich des Opfers gesichert. Bei einer vergleichenden DNA-Untersuchung im Jahr 1995 im Fall Harald Schulze, der bekannt ist, waren an einem Scheidenabstrich vier Merkmale am Genort HLA DRB1, was hier nicht erklärt werden soll, bestimmt worden, wobei sich zwei der festgestellten Merkmale der Toten zuordnen ließen und die beiden anderen als Fremdmerkmale anzusehen waren. Ein Vergleich mit dem Genmaterial des Angeklagten brachte die sichere Aussage, dass diese Fremdmerkmale nicht von Ralf Gutermuth stammten, sondern von einem anderen Menschen.

Der Gedankenschluss des Verteidigers Stefan König war daher, dass »auch ein Dritter« das von Ralf Gutermuth am Straßenrand zwischen Schönow und Schönwalde abgelegte, noch lebende Mädchen noch einmal vergewaltigt haben könnte. Und dieser große Unbekannte habe danach den Mord verübt, auch als Verdeckungstat. Er erdrosselte, so der Verteidiger, das Mädchen mit einem zufällig am Straßenrand liegenden Strick und zog dann die Tote etwa 20 Meter in den Wald hinein. Dort deckte er die Leiche zu – mit einer zufällig dort liegenden Decke. Alles Zufall, erklärte der Verteidiger, auch dass sich das Drosselwerkzeug und die graue Wolldecke mit den Tierhaaren mit den entsprechenden Gegenständen auf der Ladefläche des Planwagens von Ralf Gutermuth ähnelten, wie vom Angeklagten ja selbst bestätigt wurde. Nur durch diese zufällige Begegnung nach der Vergewaltigung könne das Sperma in der Scheide des Opfers erklärt werden, das nicht vom Angeklagten stammt.

Ist die Theorie vom »großen Unbekannten« richtig? Wird sie durch das Gericht anerkannt werden? Findet das Gericht andere Erklärungen?

Dr. Detlef Kauczinski, Diplom-Biologe und Sachverständiger für DNA-Analytik des Landeskriminalamtes Mecklenburg-Vorpommern, hat sich zu diesem komplizierten Sachverhalt und Spurenkomplex in einer Stellungnahme vom 1. Juni 2015 erhellend geäußert:

»Bei den im Jahr 1995 an dem Scheidenabstrich untersuchten DNA-Systemen handelt es sich um den Genort HLA DRB1. Dieser befindet sich im codierenden Bereich der DNA und wird heutzutage für forensische Zwecke nicht mehr genutzt. Es gab mehrere Verfahren, um diesen Genort zu untersuchen. Obwohl nicht bekannt ist, welches Verfahren damals angewandt wurde, können einige erklärende Aussagen getroffen werden. Bei der Spur handelt es sich um eine Mischspur, an deren Entstehung mindestens zwei Personen beteiligt waren. Vier unterschiedliche Merkmale können nicht durch eine Person verursacht werden. Zwei der nachgewiesenen Merkmale stimmten mit Merkmalen der Geschädigten überein, die anderen beiden konnten nicht dem Tatverdächtigen zugeordnet werden. Sie müssen also von einer anderen Person stammen.

Eine Erklärung wäre eine *Kontamination*. Die polymerase chain reaction (PCR) ist eine sehr sensitive Nachweismethode, um definierte Bereiche der DNA in kürzester Zeit millionenfach zu vermehren und ›sichtbar‹ zu machen. Daher ist die Methode auch sehr kontaminationsanfällig. Schon ein einziger, kleiner Speicheltropfen, wie er beim Sprechen häufig produziert wird, genügt, um eine DNA-Probe zu kontaminieren und damit zu verfälschen.

Der Vaginalabstrich wurde im Jahr 1988 im Zuge der Spurensicherung an der Leiche gesichert. Damals wurden in der DDR noch keine DNA-analytischen Untersuchungen durchgeführt und bei der Spurensicherung dementsprechend auch keine Schutzmaßnahmen gegen eine Kontamination durch Fremd-DNA (Mundschutz, Haarnetz, Einmalanzug) ergriffen. Es kann also schon bei der Spurensicherung zu einer Kontamination der Spur durch die Spurensicherer gekommen sein.

Um eine Kontamination der Spuren durch die Spurensicherer oder andere tatortberechtigte Personen auszuschließen, würde man heute von allen diesen Personen Mundschleimhautabstriche entnehmen und die Ergebnisse der Untersuchungen mit den unbekannten Merkmalen vergleichen. Ich untersuchte einmal die Spuren eines Mordfalles, bei dem 17 Personen den Tatort vor der Spurensicherung besichtigt hatten. Von allen diesen Personen habe ich mir Mundschleimhautabstriche besorgt, um Kontaminationen auszuschließen.

Dass es sich bei den unbekannten Allelen, also Zustandsformen einer Erbanlage, um eine Kontamination durch Fremd-DNA handelt, kann im Fall Maria Meißner daher nicht ausgeschlossen werden.

Verfälschung der Analyseergebnisse durch den *massiven Madenbefall und eine beginnende Leichenfäulnis*: Von einer Verfälschung zu sprechen könnte zu Missdeutungen führen. Wenn die Merkmale durch eine PCR bestimmt wurden, kann man ein falsch positives Ergebnis (also Person weist in einem anderen DNA-Merkmalssystem, VWA genannt, die Merkmale 17 und 19 auf, die PCR zeigt aber 15 und 22) ausschließen. Das Scheidenmilieu, der Madenbefall und die Leichenfäulnis haben aber einen Einfluss auf die DNA. Sie können zu einer Degradation (Herabsetzung) der DNA führen, d. h. die DNA zerfällt in kleine Stücke, und je nach Grad der Degradation sind bestimmte DNA-Systeme oder auch alle DNA-Systeme durch eine PCR mit den standardmäßig eingesetzten Methoden nicht mehr nachweisbar.

Anhaftung von Fremdzellen an dem Glied des Tatverdächtigen: Auch ein solches Szenario kann nicht ausgeschlossen werden. Die DNA sagt uns leider nicht, wie und wann sie an die Spur gekommen ist. Laut Gutachten wurden vereinzelt Spermienköpfe im Vaginalbereich nachgewiesen. Das muss aber nicht heißen, dass die nachgewiesenen DNA-Merkmale von den Spermien stammen. Man benötigt schon einige Spermien, um ein DNA-Profil zu erstellen. Wenn nach Vergewaltigungen zu wenig oder kein Sperma (Vasektomie, keine Ejakulation) in den Vaginalabstrichen vorhanden ist, kann es aufgrund des hohen Anteils an Vaginalzellen des Opfers schon vorkommen, dass die DNA des Täters im Abstrich nicht nachweisbar ist. Heute würde man die Y-chromosomalen DNA-Systeme untersuchen, die männerspezifisch sind und sich auch noch bei einem 10.000fachen Überschuss an weiblicher DNA nachweisen lassen.

Opfer hatte vor oder nach der Vergewaltigung Geschlechtsverkehr mit anderer Person: Beides ist nicht auszuschließen, wie schon gesagt, verrät uns die DNA nicht, wie und wann sie an die Spur gekommen ist. Spermien werden im Scheidenmilieu abgebaut. Der Nachweis von intakten Spermien gelingt, je nach Scheidenmilieu, an Abstrichen, welche bis zu neun Tagen nach dem Koitus entnommen wurden. Einige Literaturstellen beschränken diese Zeit auf bis zu 48 Stunden.

Der Nachweis von DNA gelingt mit den heutigen, wesentlich sensitiveren Methoden als im Jahr 1995 noch nach längerer Zeit, wobei aber die oben beschriebenen Folgen der Degradation zu berücksichtigen sind.

Der Tatverdächtige hatte zugegeben, dass er Geschlechtsverkehr mit dem Opfer durchgeführt hat. Ob vor oder nach ihm noch eine andere Person Geschlechtsverkehr mit dem Opfer hatte oder ob die DNA-Merkmale durch eine Kontamination an die Spur gekommen sind, lässt sich nicht ausschließen oder bestätigen. Es sind alles Erklärungsversuche.«

Die Kammer folgte der Version von dem »großen Unbekannten« nicht. In der Urteilsbegründung sagte der Richter: »Es ist absolut lebensfremd zu behaupten, dass an dem Ort, wo das Mädchen abgelegt wurde, jemand vorbeikam, das Mädchen noch einmal vergewaltigt und es anschließend umgebracht haben soll.« Eine derartige Häufung von Zufällen, die die Verteidigung angeführt hatte, stand nach Auffassung des Gerichts außerhalb jeder Lebenswahrscheinlichkeit.

Nach Überzeugung des Gerichts hatte also das Ergebnis der Analyse des Genorts HLA DRB1 keineswegs entlastet, sondern war durch eine der Möglichkeiten zu erklären, die Dr. Kauczinski und die anderen Gutachter, die vor Gericht auftraten, erörtert haben, zumal die beiden Fremdmerkmale, die nicht dem Opfer zugeordnet werden konnten, auch gar nicht von Spermien stammen müssen.

Ralf Gutermuth wurde nach acht Verhandlungstagen am 13. Oktober 2004 wegen Mordes zu 15 Jahren Haft verurteilt; da die Voraussetzungen für eine nachträgliche Gesamtstrafenbildung nach § 55 Absatz 1 StGB vorlagen, hatte die Kammer unter Einbeziehung der Reststrafe von den früheren Verurteilungen wegen der beiden Vergewaltigungen eine Gesamtfreiheitsstrafe von 15 Jahren gebildet.

Ralf Gutermuth nahm das Urteil regungslos zur Kenntnis.

Die Revision des Angeklagten wurde vom 5. Senat des Bundesgerichtshofs verworfen. Damit war das Urteil seit dem 11. Juli 2005 rechtskräftig. Nun war er, juristisch gesehen, ein Mörder, und bei allen, die mit dem Fall zu tun hatten oder an der Gerichtsverhandlung teilnahmen, besteht auch heute noch kein Zweifel, dass er brutal gemordet hat. Hier liegt die Wahrheit nicht mehr unter einem Berg berechtigter Zweifel.

Diese Wahrheit war herbeigesehnt worden, weil mit

ihr eine schreckliche Tat gesühnt wurde und auch wir als Chronisten diesen Fall nun endgültig abschließen konnten. Der Bericht über dieses Verbrechen und ein Blick in die Medien entlassen uns aber mit der realen, dennoch ungeheuren Vorstellung, dass es leider auch weiterhin Wahrheiten geben wird, vor denen wir uns alle fürchten müssen.

Die Brandenburger Kriminalisten, dies zum Schluss der Fallbeschreibung, blieben auch an dem Mörder Harald Schulze hartnäckig dran, der aber Maria Meißner nachweislich nicht getötet hatte. Kam er auch noch für andere Verbrechen als Täter in Frage? Bei ihren Nachforschungen zu ungeklärten Tötungsdelikten landeten sie einen Volltreffer. Ebenfalls durch eine DNA-Analyse vom 17. März 2003 konnten die 1986 im Mordfall Ellen Behrend gesicherten Spermaspuren mit einer Wahrscheinlichkeit von 1:3,5 Billionen (!) dem inhaftierten Harald Schulze zugeordnet werden.

Die 17-jährige Ellen Behrend war im August 1986 in den Abendstunden mit ihrem Fahrrad allein nach Kleinmachnow unterwegs, als ihr ein Mann auflauerte, sie vergewaltigte und mit einem Kälberstrick erdrosselte. Den leblosen Körper verbrachte er in den Kofferraum seines Pkw »Trabant« und legte ihn auf einer mehrere Kilometer entfernten Müllkippe in der Nähe der Ortschaft Thyrow ab.

Die 1. Große Strafkammer des Landgerichts Potsdam verurteilte Harald Schulze im Januar 2007 zu einer lebenslangen Freiheitsstrafe. Wegen Mordes an Ellen Behrend, der 21 Jahre zuvor begangen wurde. Schon damals war er unter den dringend Tatverdächtigen gewesen, aber das Verbrechen konnte ihm nicht nachgewiesen werden.

Der ehemalige Hauptmann der DDR-Kriminalpolizei Hans Ehrlich, inzwischen pensioniert, sitzt an einem schönen Frühlingstag des Jahres 2015 in seinem Garten in Berlin-Mahlsdorf. Die Vögel lärmen voller Lebensfreude in den Zweigen, und das Blau des Himmels liegt hoffnungsvoll über der Siedlung. Er hat gerade den authentischen Bericht über den Mord an Maria Meißner von Anfang bis Ende gelesen und legt das Manuskript gedankenverloren auf dem kleinen runden Tisch ab, der vor seiner Gartenbank steht.

Hans Ehrlich ärgert sich ein wenig, dass sie damals, als sie auf der Mörderjagd waren, nicht die entscheidenden Gedanken gehabt hatten. Einen Planwagen, einen Pritschenwagen, einen Lieferwagen hätten sie viel stärker in ihre Versionen einbeziehen müssen. Und auch die Zimmerleute, die diesen Seenmannsknoten ebenso beherrschen. Dann wäre der Mörder vielleicht schneller in die Falle getappt.

Vielleicht.

Unter dem abgelegten Manuskript liegt eine aktuelle Tageszeitung, die zusammengefaltet noch ein wenig hervorlugt. Sein Blick fällt auf eine Überschrift: »Gesund ernährt alt werden.«

Nein, sagt er leise, das ist nur die halbe Wahrheit. Man darf niemals im Leben zu einer falschen Zeit an einem falschen Ort sein. Nur das ist die Lösung.

Die Tote von Wandlitz

In der berühmten Kriminalerzählung *Der Richter und sein Henker* von Friedrich Dürrenmatt diskutieren die Hauptakteure über das Phänomen des perfekten Verbrechens. Der eine meint, dass die menschliche Unvollkommenheit, die Tatsache, dass wir die Handlungsweisen anderer nie mit Sicherheit voraussagen können und dass wir ferner den Zufall, der in alles hineinspielt, nicht in unsere Überlegungen hineinbauen können, der Grund sei, dass die meisten Verbrechen zwangsläufig zu Tage gefördert werden. Der andere meint dagegen, dass gerade die Verworrenheit der menschlichen Beziehungen es möglich mache, Verbrechen zu begehen, die im Verborgenen bleiben, also nicht erkannt werden können.

Daraus können wir zunächst entnehmen, dass nicht die Intelligenz oder Nichtintelligenz des Täters entscheidend sind, ob ein Verbrechen aufgedeckt und aufgeklärt wird, sondern die Quantität und Qualität der menschlichen Beziehungen. Sind diese offenkundig, besteht immer eine große Gefahr der Entdeckung, sind sie verworren und unübersichtlich und vielleicht sogar latent, könnte eine in diesem Umfeld begangene Straftat tatsächlich im Dunkelfeld bleiben.

Werner Maschke, der als Personenschützer im Range eines Oberleutnants zuletzt persönlicher Referent des Leiters einer Diensteinheit des Ministeriums für Staatssicherheit und Sonderoffizier für Organisation war, kannte diese Erzählung wohl nicht. Er hatte den Abschluss der achten Klasse und verfügte nach Absolvierung eines zweiten Bildungsweges, in der DDR Volkshochschule genannt, über nachgeholte Abschlüsse der zehnten Klasse in den Fächern Deutsch, Physik, Geschichte und Staatsbürgerkunde, was ja nur etwas über den Bildungsstand und nichts über seine Intelligenz aussagt. Von Beruf Universalfräser, machte sich Werner Maschke zwar viele Gedanken, wie er sein Leben in geordnete Bahnen lenken konnte, litt aber in erheblichem Maße an einer massiven Fehleinschätzung, was die Wirkungen seiner Lebensäußerungen und die Klarheit und das Wesen seiner sozialen Beziehungen betraf.

In seiner Arbeit als Personenschützer war er aber vorbildlich und achtete darauf, dass Ordnung und Sicherheit jederzeit gewährleistet waren. So erstattete er am 18. September 1970 bei seinem Dienstvorgesetzten Meldung, dass er in Ausübung eines Spätdienstes das Fehlen des Panzerschrankschlüssels Nr. 22 festgestellt habe. Er vertrat im Kollektiv die Meinung, dass der Verlust des Schlüssels durch einen Mitarbeiter ein grober Verstoß gegen die Wachsamkeit sei und als unverantwortlich und leichtsinnig eingeschätzt werden muss. Der Schlüssel blieb unauffindbar; der betreffende Kollege wurde disziplinarisch zur Verantwortung gezogen.

Und er war irgendwo auch ein Detektiv, denn er besaß die Kriminalmarke Nr. 885, wie es sich für einen Personenschützer gehörte. Nicht ganz zu Unrecht, denn er hatte vier Semester Kriminalistik beim MdI studiert und auch den Grundlehrgang für Kriminalistik an der Hochschule des MfS in Potsdam-Eiche von 1969 bis 1970 absolviert.

Das Jahr 1971, in dem wir uns jetzt befinden, war in der DDR ein politisch brisantes Jahr. Bei einem Gespräch zwischen Leonid Breschnew und Erich Honecker am 28. Juli 1970 in Moskau wurde vereinbart, dass Ulbricht die Macht in der DDR abzugeben habe. Am 21. Januar 1971 schrieben dann 13 (der damals 20) Mitglieder und Kandidaten des Politbüros der SED einen siebenseitigen geheimen Brief an den Generalsekretär der KPdSU Breschnew. Mitverfasser dieses als »Geheime Verschlusssache« deklarierten Briefes waren unter anderem Willi Stoph, Erich Honecker und Günter Mittag. Darin formulierten sie, dass Ulbricht nicht mehr in der Lage sei, die wirtschaftlichen und politischen Realitäten richtig einzuschätzen und mit seiner Haltung gegenüber der Bundesrepublik eine Linie verfolge, die das zwischen der SED und der KPdSU abgesprochene Vorgehen empfindlich störe. Sie schlugen Breschnew vor, die Entmachtung Ulbrichts in der Art vorzunehmen, wie zwischen Honecker und ihm im Juli 1970 besprochen.

Am 3. Mai 1971 erklärte Ulbricht dann gegenüber dem Zentralkomitee der SED »aus gesundheitlichen Gründen« seinen Rücktritt von fast allen seinen Ämtern. Wie bereits in den Absprachen mit Breschnew vorgesehen, wurde als Nachfolger der damals 58-jährige Erich Honecker nominiert, der dann auf dem VIII. Parteitag der SED im Juni 1971 zum Ersten Sekretär des Zentralkomitees gewählt wurde. Nur das relativ einflusslose Amt des Vorsitzenden des Staatsrates behielt Ulbricht bis an sein Lebensende. Außerdem erhielt er das neu geschaffene Ehrenamt des »Vorsitzenden der SED«. Er starb am 1. August 1973 im

Gästehaus der Regierung der DDR am Döllnsee mitten in den X. Weltfestspielen der Jugend und Studenten, die in einer begeisternden Atmosphäre in Ost-Berlin stattfanden.

Und am 3. Mai 1971 ermordete Werner Maschke brutal seine 30-jährige Ehefrau Ruth auf einem Waldweg zwischen den Abteilungen 233 und 228 in der Nähe der Fernverkehrsstraße 273 und der Ortschaft Wandlitz.

In der großen Politik und im kleinen Leben des Werner Maschke gab es also am 3. Mai 1971 gewaltige Umbrüche. Zufall oder Notwendigkeit? Wie hing alles zusammen? Wie konnte das geschehen? Was war wirklich passiert? Wir wollen es ergründen.

Es begann alles damit, dass der verheiratete Werner Maschke Mitte Februar 1971 während eines 14-tägigen Urlaubs mit seinem elfjährigen Sohn im FDGB-Heim »Josef Orlopp« in Bansin auf Usedom eine Frau kennenlernte und sich Hals über Kopf in sie verliebte. Sie waren im »Haus Teltow« untergebracht und wurden im Heim »Josef Orlopp« verpflegt, so wäre die genaue Beschreibung der Örtlichkeiten. Beide Häuser lagen direkt am Meer, an der Ostsee.

Die junge Frau war eine ledige Lehrerin, die nicht in Berlin wohnte, mit der er sich nach Bansin nur an geheimen Orten treffen konnte – wie es sich für einen Geheimdienstmitarbeiter gehörte. Die Liebe war von Anfang an groß, und sie liebten sich inniglich, während der Sohn im Bett des FDGB-Ferienheims schlief und von einer guten Zukunft träumte. »Durch das tägliche Zusammensein mit der … H. im Urlaubsort festigte sich das Verhältnis zwischen ihr und mir. Ihre Art, wie sie es verstand, auf meine Probleme einzugehen und mich liebevoll umsorgte, ließ mich zu dem Entschluss kommen, dass ich diese Frau auf keinen Fall verlieren dürfe. Bei den sexuellen Beziehungen, die ich mit der H. im Urlaubsort und später hatte, verspürte ich, dass dies anders war als bei meiner Ehefrau«, schrieb Werner Maschke in der Stellungnahme vom 27. November 1971. »Aus den Gesprächen, die ich mit der … H. führte, konnte ich entnehmen, dass unsere Interessen weitestgehend in Übereinstimmung standen. Sie brachte es so zum Ausdruck, dass sie sehr wirtschaftlich sei, gern ein Buch liest, Theaterveranstaltungen besucht und mit Kindern umzugehen versteht, da sie Lehrerin ist … In der Zeit von Anfang März bis Anfang Mai 1971 schrieb ich der … H. 15 Briefe, deren Inhalt sich auf unser Verhältnis zueinander und auf die durch mich ihr gegenüber gegebene Erklärung meiner Scheidung bezogen. Insbesondere enthielten diese Briefe Verleumdungen meiner Ehefrau, wodurch ich der H. gegenüber den Eindruck zu erwecken versuchte, dass an der ganzen Misere meiner gescheiterten Ehe meine Frau die ganze Schuld trägt. Gleichzeitig beabsichtigte ich, noch mehr ihre Zuneigung zu gewinnen, indem ich meine Sorge um die Erziehung zum Ausdruck brachte.«

Bei aller Harmonie – Werner Maschke machte aber der Freundin gegenüber aus seinem Leben ein großes Geheimnis. Und er log insofern, als er ihr gegenüber behauptete, dass er bereits geschieden sei. Bis zu diesem Mai 1971 wusste sie nicht einmal, wo der Geliebte denn in Berlin wohnte, der sowohl liebevoll als manchmal auch so geheimnisvoll und konspirativ mit ihr sprach.

Den Ferienplatz in Bansin, und auch das gehört zur Tragik der Geschichte, besorgte Ruth Maschke über ihren Betrieb. Sie selbst konnte nicht mit in den Urlaub fahren, da die Maschkes geplant hatten, im August 14 Tage nach Polen zu fahren, und ihr Urlaubsanspruch reichte nicht aus. Sie hätte dann für die Polenreise unbezahlten Urlaub nehmen müssen, und das wollte sie verständlicherweise nicht.

Wer war Werner Maschke? Er hatte mit seiner Frau Ruth zwei Söhne, damals elf und sieben Jahre alt. Er hatte sie 1960 bei einem Patenschaftstreffen seiner Einheit mit einer Brigade des VEB »Treffmodelle« Berlin kennengelernt, als er als Soldat im Wachregiment des MfS diente. Frau Ruth war Näherin und arbeitete sich durch zahlreiche Qualifizierungen und eine sehr gute Arbeit an die Spitze. Sie war Parteisekretärin der SED des Betriebes und Abteilungsleiterin. 1970 hatte sie ihre Stellung gekündigt und ging zum Ingenieurbüro der VVB Konfektion. In der dortigen Tätigkeit war Ruth Maschke oft auf Dienstreise. In manchen Wochen konnte sie sich nur zwei Tage um die Familie kümmern, die anderen Tage war der Ehemann gefordert. Das war das eigentliche Konfliktpotenzial.

Von außen betrachtet waren sie eine ganz normale Familie, aber in der Ehe kriselte es erheblich. Werner Maschke ließ sich nach der Rückkehr aus Bansin hinsichtlich seiner Geliebten zunächst nichts anmerken, aber kurz nach dem Urlaub an der Ostsee krachte es. Seine

Ehefrau hatte natürlich den Sohn ausgehorcht und in Erfahrung gebracht, dass ihr Mann in Bansin eine Frau kennengelernt hatte und mit ihr im Clubraum des Heimes, bei Wanderungen und auch bei Veranstaltungen ständig zusammen war. Ruth Maschke machte ihrem Mann heftige Vorwürfe, dass er mit einer fremden Frau sein Geld durchgebracht hatte, und sie sagte ihm auch auf den Kopf zu, dass er ein intimes Verhältnis in Bansin begonnen hatte. So gab es in vielerlei Hinsicht Szenen einer Ehe.

Später fand Ruth Maschke ein Bild der Geliebten ihres Mannes, das er in seiner Aktentasche (!) aufbewahrte. Das war Ende April, »und daraufhin kam es zu einem ernsthaften Streit sowie zu einer tätlichen Auseinandersetzung«, wie Werner Maschke in einem undatierten Protokoll notierte.

Er beschrieb das Dilemma, ebenfalls handschriftlich abgefasst, in der Stellungnahme vom 27. November 1971 so: »Das Eheleben von meiner Frau und mir verlief bereits seit längerer Zeit unharmonisch. Während der Zeit unserer Ehe hatte meine Frau nur ihre eigene Weiterentwicklung im Sinn, ohne dabei Rücksicht auf das familiäre Verhältnis zu nehmen. So qualifizierte sie sich zum Teilingenieur, besuchte die Kreis- und Bezirksparteischule der SED und nahm an einer Reihe weiterer Lehrgänge ihres Betriebes und gesellschaftlicher Organisationen teil. Für das Jahr 1972 hatte sie bereits wieder einen Schulbesuch für sich vorgesehen, welcher über einen Zeitraum von zwei Jahren in Karl-Marx-Stadt gehen sollte und den sie als Diplomingenieur abgeschlossen hätte ... Ein weiterer Grund zu Auseinandersetzungen war in ihrer aktiven

Beteiligung an den verschiedensten Betriebsveranstaltungen sowie Veranstaltungen gesellschaftlicher Organisationen [zu sehen], wo auf Grund des Charakters dieser Veranstaltungen ihre Teilnahme in den seltensten Fällen erforderlich war. Nicht allein die Tatsache ihrer Anwesenheit bei solchen Veranstaltungen, sondern vielmehr die Tatsache, dass sie zumeist von derartigen Feiern erst in den Morgenstunden und dann zum Teil in angetrunkenem Zustand nach Hause kam, waren die Ursachen meiner Verärgerungen und der darauf folgenden Auseinandersetzungen.« Ruth Maschke kümmerte sich nach Auffassung ihres Ehemannes nicht um den Haushalt und die Kinder, konnte nicht mit Geld umgehen. Sie warf das Geld für Klamotten und Schuhe zum Fenster hinaus. Und so weiter.

Das alles und die Tatsache, dass Werner Maschke neu verliebt war, sollte ihr Verhängnis werden, denn ihr Ehemann plante ihre Ermordung nach einem teuflischen Plan.

Als am 18. März 1971 eine Angestellte der Staatlichen Versicherung der DDR die fälligen Beiträge kassieren wollte, überzeugte er seine Ruth, doch eine Lebensversicherung abzuschließen. Sie waren sich schnell handelseinig, und Ruth unterschrieb den Antrag mit der guten Aussicht, in ein paar Jahren die versprochene Versicherungssumme von 900 Mark der DDR ausbezahlt zu bekommen. Werner Maschke freute sich, dass sie so gut für ihre Zukunft vorgesorgt hatte, und lobte seine Frau sogar. Seine wirklichen Gedanken hinter seiner freundlichen Fassade waren aber andere. Er rechnete schon einmal durch, was die Ausgestaltung der Trauerfeier und die Beerdigung kosten würden und ob die Versicherungssumme überhaupt ausreiche. So war er, der Werner.

Nun waren Trauerfeier und Beerdigung abgesichert; in der nächsten Etappe plante er, abends mit seiner Frau Fahrten ins Grüne zu unternehmen, um bei günstiger Gelegenheit im wahrsten Sinne des Wortes zuschlagen zu können. Durch diese abendlichen Fahrten und Spaziergänge in Berlin und im Umland wollte er sie arglos machen und langfristig an seine neuen Verhaltensweisen gewöhnen. Gleichzeitig wollte er erkunden, welcher Ort für seine ruchlose Tat am geeignetsten war.

Nach seinem festen Tatentschluss fuhr er mehrfach mit seiner Frau im April 1971 in den späten Abendstunden in das Waldgebiet von Wandlitz. Hierbei erkundete er jeweils eine geeignete Stelle zur Ausführung des Verbrechens in einer Schonung unmittelbar an der damals verkehrsarmen Fernverkehrsstraße 273, täuschte stets einen Defekt an seinem Auto vom Typ »Trabant« vor und veranlasste dadurch seine Frau zum Aussteigen. Bei diesen Fahrten führte Werner Maschke ein Handbeil mit, das er im Kofferraum versteckt hatte, um damit seine Frau in einer günstigen Situation erschlagen zu können.

Aber seine kühnen Pläne gingen in allen drei Fällen nicht auf. Der Verkehr auf der nahen Landstraße störte, und auch seine Frau verhielt sich nicht so, wie er es sich eigentlich vorgestellt hatte. Sie wandte ihm nie den Rücken zu.

Als die Wandlitzer Pläne gescheitert waren, versuchte er es mit einem Mord an oder auf der Müllkippe zu Schwanebeck. Die Tatortbesichtigung mit seiner Ehefrau ergab jedoch, dass dieses Anwesen viel zu beleuchtet war und auch der rege Lkw-Verkehr selbst in diesen Abendstunden erheblich störte. Also musste er auch seinen Schwanebeck-Plan aufgeben.

Verschiedene Gartenkolonien bei Weißensee kundschaftete er mit seiner ahnungslosen Ehefrau aus ebenso wie ein Gelände bei Ahrensfelde, um günstig einen Mord an ihr begehen zu können. Doch diese Tatorte sagten ihm allesamt nicht zu.

Nun wurde Werner Maschke kühn. Um seine zukünftige Täterschaft zu verschleiern und den Klassenfeind ins Spiel zu bringen, fertigte er am 20. April 1971 handschriftlich ein Flugblatt mit einer Morddrohung gegen Mitarbeiter des Ministeriums für Staatssicherheit an und gab dieses Schriftstück unter dem Vorwand, es in seinem Briefkasten gefunden zu haben, in seiner Dienststelle ab.

Fotokopien des umstrittenen Textes

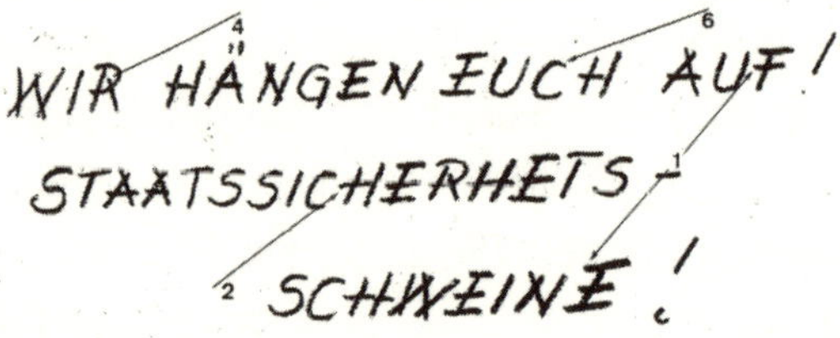

Kriminalistisch vorgebildet, formulierte Werner Maschke sogar handschriftlich einen »Untersuchungsauftrag«, in dem die Themenfelder Papierart, Schrift, Vergleich und Fingerspuren behandelt wurden. Darin finden sich zum Beispiel die Fragestellungen, ob die Schrift für die Feststellung des Urhebers geeignet ist, ob eine Papiergleichheit nachgewiesen werden kann und ob Papillarlinienspuren gesichert wurden. Diese Notizen hatte er im April 1971 in der Dienststelle angefertigt und dort verwahrt. Sie dienten dem scheinheiligen Zweck, den Täter des Drohbriefes dingfest zu machen. Gleichzeitig wollte er von seiner Urheberschaft ablenken. In einer Vernehmung hatte Werner Maschke dazu stolz ausgesagt, dass er penibel darauf geachtet hatte, keine Fingerspuren auf dem Papier zu hinterlassen.

In einem Gutachten der Technischen Untersuchungsstelle des MfS wurde Werner Maschke später zweifelsfrei als Schrifturheber festgestellt; darüber hinaus wurden in seinem Dienstzimmer die benutzten Schreibmittel (Stift und Schreibblock) gefunden und als Beweismittel sichergestellt. Einer seiner vielen verhängnisvollen Fehler.

Ende April 1971 war der Wald von Wandlitz wieder an der Reihe, aber eine Gelegenheit, seine Frau zu ermorden, ergab sich wieder nicht. Aber er hörte von einem Schießplatz Schüsse, und so kam er assoziativ auf die Idee, seine Ehefrau mit der Dienstwaffe zu erschießen. Das war auch viel effektiver als mit dem Beil, dachte er sich, und ein Schuss würde in diesem Waldgebiet mit dem nahen Schießplatz überhaupt nicht auffallen.

Zur weiteren Vorbereitung seines Vorhabens verbreitete Werner Maschke in seiner Dienststelle die Kunde, dass sich in den letzten Wochen sein Eheverhältnis gebessert habe; anlässlich des Geburtstages seiner Gattin, ebenfalls

Ende April, will er ihr »großzügige« Geschenke gemacht haben, um das gute Eheverhältnis besser begründen zu können.

So stand für ihn fest, seine Ehefrau Ruth Anfang Mai 1971 zu töten. Nach seinen späteren Aussagen war er aus verschiedenen Gründen in Zeitnot geraten. Die Geliebte machte jetzt Druck und bestand darauf, ihn am 5. Mai in seiner Berliner Wohnung zu besuchen. Er hatte ihr hoch und heilig versprochen, ihr bis dahin seine bisher noch geheim gehaltene Berliner Wohnanschrift mitzuteilen. Außerdem befürchtete er, dass seine Ehefrau aufgrund seiner merkwürdigen Verhaltensweisen, die in den abendlichen Wald- und Müllkippenfahrten zum Vorschein kamen, misstrauisch werden könnte und alsbald seiner freundlichen Aufforderung zu einem ungewöhnlichen Abendausflug nicht mehr nachkommen würde.

In der Tat, Ruth Maschke, die als Näherin im VEB Kombinat »Treffmodelle« angefangen hatte und dann Karriere machte, wunderte sich schon ein wenig, dass ihr Werner abends, die Kinder schliefen schon, immer in den Wald fahren wollte, weil er plötzlich die Natur so liebte. Neuerdings kam dann auch der Volkspark Friedrichshain als Ziel seiner abendlichen Spaziergänge hinzu. Im April 1971 vertraute sie sich dann ihren Arbeitskollegen an und sprach von einem sehr merkwürdigen Verhalten ihres Ehemannes, so dass sie sich vor ihm allmählich ängstigte. In einem Protokoll über die Befragung einer Mitarbeiterin des Ingenieurbüros der VVB Konfektion schon am 5. Mai 1971 lesen wir: »Scherzhaft führte sie [Frau Maschke] in einem Gespräch dazu an, dass ihr Mann immer an unheimliche Orte (Müllabladeplatz Wandlitz usw.) mit ihr geht und sie direkt Angst bekommen hat.«

Die Frage, warum Ruth Maschke trotz dieser beängstigenden Situationen immer wieder ins Auto gestiegen ist, lässt sich nicht einfach beantworten. Werner Maschke hatte in seinen späteren Vernehmungen mehrere recht einfache Argumente ins Feld geführt. Sie liebte eben Einkaufsbummelfahrten und fuhr auch gern Auto. Das dürfte aber wohl nur die halbe Wahrheit gewesen sein. Vielmehr wusste Ruth Maschke zwar von dem intimen Verhältnis zu der Bansiner Urlaubsbekanntschaft, aber ihr Ehemann war standhaft und hatte nicht verraten, wo Letztere wohnt. Deshalb vermutete seine Ehefrau, dass die Geliebte in Berlin wohne. Und wenn sie mit Werner in den Abendstunden mit dem Auto unterwegs war, konnte er sich nicht mit der anderen Frau treffen. So einfach können manchmal Erklärungen sein. Was ja bedeutete, dass sie ihn trotz aller Differenzen, Auseinandersetzungen und außerehelichen Sexualkontakten irgendwie immer noch liebte.

Am 3. Mai 1971 war es endlich so weit. Werner Maschke nahm aus der Dienststelle ein Waffenreinigungsgerät mit nach Hause. Gegen 18 Uhr begann er mit der unmittelbaren Vorbereitung der Tat, indem er in der Küche aus dem Magazin seiner Dienstpistole eine Patrone entnahm und gegen einen Schuss aus seinem Schwarzbestand austauschte. Er lud die Waffe vom Typ Makarow durch, sicherte sie und steckte sie in seine Unterschnalltasche.

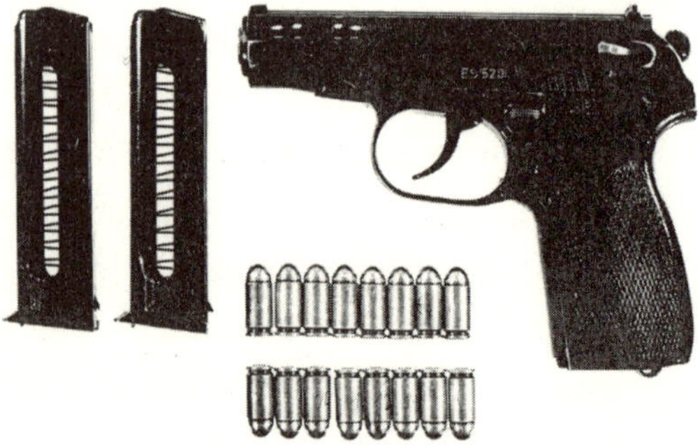

Nahaufnahme der Dienstwaffe "Makarow" Nr. ES 5284 mit Munition.

Nach dem Abendbrot brachten sie die Kinder liebevoll ins Bett, Ruth Maschke klagte über Kopfschmerzen, und Werner Maschke unterbreitete seiner Frau daraufhin den Vorschlag, in der Stadt einen Schaufensterbummel zu unternehmen. Ruth Maschke war einverstanden, obwohl sie vom Arbeitstag ziemlich müde war.

Gegen 19 Uhr verließen beide ihre Wohnung in Berlin-Weißensee. Mit ihrem »Trabant« fuhren sie nach Mitte, stellten das Auto ab und bummelten bis zum Brandenburger Tor. Weiter ging es ja ohnehin nicht. Gegen 20 Uhr waren sie wieder an ihrem Auto und fuhren zunächst in Richtung Weißensee. Während der Fahrt erreichte er das Einverständnis seiner Frau, noch ein Stück außerhalb Berlins zu fahren.

Über die Autobahn fuhren sie in Richtung Wandlitz. Unmittelbar vor der Ortschaft Wandlitz wendete Werner Maschke das Fahrzeug und gelangte auf die Fernverkehrsstraße 273, wo er in einen unbefestigten Waldweg zwischen den Abteilungen 233 und 228 einbog und den Wagen anhielt.

Bereits während der Fahrt hatte er zur Täuschung seiner Ehefrau den Pkw in ruckartige Bewegung gebracht, so dass Ruth schon meinte: »Immer, wenn wir unterwegs sind, geht das Auto kaputt. Das ist ja komisch.« – »Nun ja«, sagte Werner Maschke, »ich weiß auch nicht, wie das kommt. Ich werd mal aussteigen und gucken, was nun wieder defekt ist.«

Gesagt, getan. Er schaltete die Zündung aus, schloss den Benzinhahn, löschte die Fahrzeugbeleuchtung und stieg aus dem Auto aus. Zum Schein hantierte er im Motorraum, um dadurch seine Frau auch zum Aussteigen zu bewegen, womit er Erfolg hatte. Als sie neben ihm stand, reichte er ihr die Taschenlampe und verlangte, dass sie den Vergaser ableuchten solle, während er vorgab, im Inneren des Wagens den Benzinhahn wieder zu öffnen, den der »Trabant« ja besaß.

In Wirklichkeit aber beugte er sich in das Auto, entnahm seine Dienstpistole aus der Pistolentasche, entsicherte die Waffe und spannte den Hahn. Dann begab er sich wieder vor den Pkw, stellte sich unmittelbar hinter seine Frau, die noch immer den Vergaser ableuchtete, und gab aus einer Entfernung von 50 cm einen gezielten Schuss in den Hinterkopf ab. Ruth Maschke fiel lautlos zu Boden.

Im handschriftlichen Geständnis von Werner Maschke liest sich das so: *»Frau stand rechtsseitig von mir in gebückter Haltung und schaute mit dem Gesicht in den Motorraum des Wagens; mit Pistole in den Hinterkopf gezielt geschossen; Entfernung etwa ½ Meter; Frau fiel seitlich nach* *rechts um; kam mit der rechten Gesichtshälfte am Boden zu liegen …«*

Werner Maschke, emotional unberührt, schleifte sein Opfer zunächst auf einen bewachsenen Randstreifen der Schonung; aus ihrem Mantel nahm er den Personalausweis. Dann suchte er nach einem geeigneten Ablageort zwischen den Baumreihen im Wald. Dabei ging es ihm jedoch nicht um einen endgültigen Verbringungsort, wo die Leiche noch lange unentdeckt bleiben sollte. Er wollte das Opfer erst einmal ein Stückchen vom Waldweg wegbringen, damit er das Auto wieder fahrbereit machen konnte. Deshalb schleifte er seine Frau lediglich zu einer Baumreihe und kehrte zum »Trabant« zurück. Hier nahm er die Taschenlampe vom Boden auf, die nicht mehr den Vergaser beleuchtete, verscharrte eine Blutspur, schloss die Motorhaube und brachte das zum Schein benutzte Werkzeug wieder in den Kofferraum.

Danach begab sich Werner Maschke erneut in die Schonung, um eine geeignete Bodensenke zur endgültigen Beseitigung seines Opfers zu suchen. Er fand sie relativ schnell, so dass er beruhigt zum Ablageort seiner Frau zurückkehren konnte.

Sowohl an den Handgelenken als auch an den Füßen zog er sie zum endgültigen Versteckort. Während er sie gewaltsam in die Bodensenke drückte, glaubte er, noch Lebenszeichen wahrnehmen zu können. Er leuchtete ihr ins Gesicht und musste tatsächlich feststellen, dass sie noch am Leben war.

»… die Frau auf den Rücken gedreht, an die Hände gepackt und rückwärts geschleift bis ins Unterholz …«

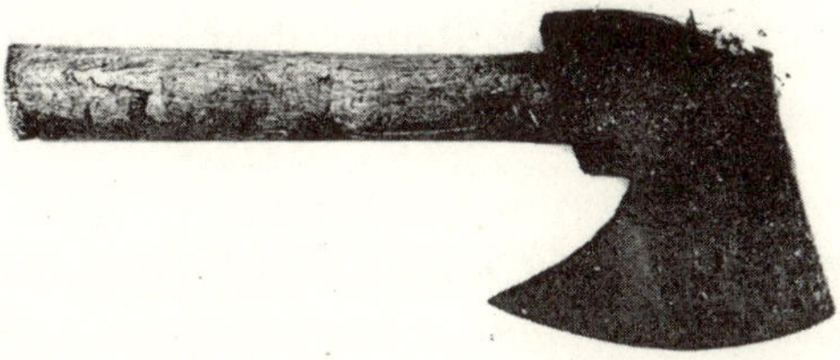

Bild 25: Nahaufnahme vom Handbeil, Ziffer 9.
Am Beil konnten Haare und Blut gesichert werden.

Schnell lief er zum Auto zurück, um aus dem Kofferraum das immer mitgeführte Beil zu entnehmen.

Er lief wieder zur Bodensenke, in der sein Opfer abgelegt war, und führte mit voller Wucht mehrere Schläge sowohl mit der stumpfen als auch mit der scharfen Seite des Beiles gegen die rechte Schädelseite seines Opfers aus. Da seine Frau danach immer noch schwache Lebenszeichen von sich gab, würgte er mit beiden Händen ihren Hals. Um ganz sicher zu gehen, nahm Werner Maschke letztlich ihr Seidentuch und legte ihr eine feste Drosselung an.

»*… dort gemerkt, dass sie noch nicht tot war – sie atmete und röchelte – und daraufhin zum Wagen, Beil geholt und wieder zurück, Frau lag auf dem Rücken, atmete noch; daraufhin mit dem Beil zugeschlagen – zuerst 2 / 3 Mal mit der stumpfen Seite auf den Kopf, dann etwa 2 Mal mit der scharfen Seite / wo Schläge hintrafen, weiß ich nicht; danach ihr Schaltuch mit einem Knoten fest um den Hals gezogen und 2. Knoten draufgeknüpft …*«

Nachdem er vom Tod seiner Frau endgültig überzeugt war, bedeckte er die Leiche mit Waldboden und schichtete Zweige und Äste darüber. Vor dem Versteck legte er eine Sperre zwischen den Baumreihen an, um ein zufälliges Auffinden der Leiche durch Spaziergänger zu verhindern.

»… anschließend Frau auf die Seite gedreht, welche Seite weiß ich nicht, lag dann seitlich am Baum / Reisig genommen und sie bedeckt; einige Hände mit Waldboden (Nadeln) draufgeworfen; dann den Ort verlassen und wieder auf der Schleifspur zurück zum Waldweg gelaufen; anschließend zum nächstfolgenden Querweg und das Beil rechts unter die Nadeln verscharrt …«

Bevor der Mörder wieder zu seiner Wohnung nach Weißensee zurückfuhr, versteckte er das Beil in unmittelbarer Nähe des Tatortes – wo es nach der Tatortuntersuchung mit Verspätung aufgefunden werden konnte. Wie mit dem Hetzbrief gegen das Ministerium für Staatssicherheit, hier hatte Werner Maschke auf der ganzen Linie versagt.

»… im Anschluss daran zurück zum Pkw / Kofferraum und Motorhaube geschlossen und ohne Licht rückwärts auf die F 273 gestoßen; danach Licht eingeschaltet und wieder in Richtung Autobahnzubringer Wandlitz, Autobahn, Lindenberg, Berlin-Weißensee, nach Hause gefahren.«

Auf dem Weg nach Hause nahm er das Geld aus der Handtasche seiner Frau, die er kurz vor seinem Ziel in eine Mülltonne warf. Sie wurde nicht mehr aufgefunden.

Es war 22 Uhr, als er wieder in seiner Wohnung eintraf. Die Kinder schliefen friedlich. Sofort begann er mit der intensiven Spurenbeseitigung. Zunächst säuberte er die Tatwaffe vom Typ Makarow, Nr. ES 5204, und er führte die vorher entnommene Patrone wieder in das Magazin ein. Seine bei dem grausamen Verbrechen getragenen Schuhe putzte er gründlich, wusch auch sein Oberhemd und unternahm einen reichlich verunglückten Versuch, die Blutspuren von seiner Jacke und seinem Anzug mit Wasser zu entfernen.

Nachdem dies alles getan und vollendet war, legte sich Werner Maschke schlafen.

Am 4. Mai 1971 stand er wie immer um 6 Uhr auf, weckte die Kinder und frühstückte mit ihnen, die natürlich fragten, wo denn Mama sei. Glaubhaft sagte er: »Die musste heute ganz früh weg, heute Abend ist sie bestimmt wieder zu Hause.« Er brachte die Kinder in den Kindergarten bzw. in die Schule.

Um 8 Uhr trat er seinen regulären Dienst an. Von der Dienststelle aus telefonierte mit einer Kollegin seiner Frau und teilte mit, dass Ruth über Nacht nicht zu Hause gewesen sei. Und er fragte natürlich scheinheilig, ob sie auf der Arbeitsstelle etwas wüssten, wo Ruth sein könnte.

Dann schrieb er einen Bericht über den unbekannten Aufenthalt seiner Ehefrau, die er angeblich in der Stadt bei einer Kollegin mit dem Auto abgesetzt hatte, weil sie ihr 1.000 Mark Urlaubsgeld bringen wollte. Er informierte den Leiter seiner Diensteinheit von deren Verschwinden. Auf Ersuchen der Arbeitsgruppe des Ministers für Staatssicherheit – Führungsfahndungsgruppe – wurde am 6. Mai 1971 durch das MdI für alle Bezirke der DDR eine Eilfahndung der Stufe II nach der vermissten Ruth Maschke ausgelöst. Auch sämtliche Bezirksverwaltungen für Staatssicherheit fahndeten mit. Natürlich erfolglos.

Jedenfalls tat Werner Maschke mehr oder weniger geschickt alles, um den Verdacht von sich abzulenken. Darauf war an diesem und am folgenden Tag sein ganzes Tun gerichtet. Denn er hatte schließlich vier Semester Kriminalistik studiert und an einem Grundlehrgang für Kriminalistik in Potsdam-Eiche an der Hochschule des MfS teilgenommen. Er kannte sich also vermeintlich aus in der Materie und kannte die Seite der Fahnder, der Ermittler, der Jäger. Er war sogar der Ansicht, dass so, wie er alles getan und verschleiert hatte, nichts herauskommen würde und er als Täter unentdeckt bliebe. Auch hier irrte er gewaltig. Werner Maschke lieferte einen überzeugenden Beweis ab, dass mit ein paar Studien im Fach Kriminalistik und mit einem Grundlehrgang eine kriminalistische Meisterschaft niemals erreicht werden kann.

So ließ er nichts unversucht, die Maßnahmen seiner Dienststelle zum Auffinden von Ruth zu unterstützen, »jedoch stets unter dem Vorzeichen, dass meine Handlungsweise nicht bekanntwerden darf«, heißt es im Vernehmungsprotokoll vom 8. Dezember 1971. »Deshalb war es auch für mich nicht einfach, in der Dienststelle eine gedrückte Stimmung gegenüber den anderen Mitarbeitern zu spielen, obwohl ich zu diesem Zeitpunkt eine innere Genugtuung verspürte, dass ich mich meiner Ehefrau entledigt hatte und sie einer künftigen Eheschließung mit der … H. nicht mehr im Wege stand. Heute sehe ich ein, dass diese Handlung und der von mir eingeschlagene Weg zur Lösung des Problems falsch waren. Ich glaubte jedoch, sicher zu sein, und deshalb habe ich meine Ehefrau getötet. Ich konnte mich einfach nicht scheiden lassen, wie es richtig gewesen wäre, denn wie hätte ich dann vor meinem Leiter und den Mitarbeitern in der Dienststelle dagestanden, zumal ich stets meine Ehefrau durch ihre aktive gesellschaftliche und berufliche Tätigkeit als Vorbild hinstellte.«

Er suchte mehrfach die Arbeitsstelle seiner Frau auf, telefonierte mit den Schwiegereltern in Hohenwarte und seinen Eltern in Zwickau, um angeblich eine Spur von Ruth erheischen zu können. In verschiedenen Gaststätten, die sie beide oft besucht hatten, suchte Werner Maschke sehr intensiv und überaus glaubhaft, aber Ruth blieb freilich unauffindbar.

Natürlich ist Werner Maschke nach dem vermeintlichen Verschwinden der Ehefrau, das er ja gemeldet hatte, befragt worden. Er schrieb am 5. Mai 1971 einen Bericht, in dem er eine abenteuerliche Geschichte von einem »Trabant« mit rotem Dach auftischte. Danach fuhren sie am Tattag gegen 20 Uhr von zu Hause los, um auf der Straße Unter den Linden bummeln zu gehen. In der Wohnung hatte Ruth Maschke noch 1.000 Mark der DDR aus der Kassette genommen und in die Handtasche gesteckt; sie wollte der BGL-Vorsitzenden im VEB »Treffmodelle« auf dem Rückweg Geld für die Urlaubsreise bringen.

Wörtlich schrieb er: »Gegen 20.00 Uhr fuhren wir los. Als ich an der Ausfahrt zur Straße anhielt, bemerkte ich, wie ein Trabant, Farbe weiß/rot, aus der Wittlicher Str. kommend, auf die Falkenberger Straße einbog und in Richtung Klement-Gottwald-Allee fuhr. Kennzeichen konnte ich nicht erkennen, da der Abstand zu groß war. Anschließend befuhr ich die Klement-Gottwald-Allee und die Lichtenberger Straße, da ich zur Tankstelle am Roederplatz wollte. Als ich in der Lichtenberger Straße in den Rückspiegel schaute, war das obengenannte Fahrzeug ca. 80 m hinter mir. Das Kennzeichen konnte ich nicht voll erkennen, da ich mich auf den Verkehr konzentrieren musste, Buchstaben IM oder IN, die erste Zahl fing mit 3 an.

Als ich zur Tankstelle am Roederplatz einbog, fuhr das Fahrzeug mit hoher Geschwindigkeit in Richtung Möllendorffstraße. Die männliche Person, die im Auto saß, hatte eine Stirnglatze, Alter ca. 40-45 Jahre.

Als ich getankt hatte, fuhr ich über die Roederstraße, Leninallee, Bersarinstr., Karl-Marx-Allee, Strausberger Platz, Markersstr., Holzmarktstr., Stralauer Str., Spittelmarkt, Leipziger Straße, Friedrichstraße bis zur Ecke Friedrichstraße/Unter den Linden. Dort stellte ich mein Fahrzeug ab. Als wir an der Tankstelle losfuhren, begrüßte meine Frau den Fahrer ihrer Dienststelle, der ebenfalls an der Tankstelle am Roederplatz tanken wollte. Als wir Unter den Linden ausstiegen, bemerkte ich das vorgenannte Fahrzeug nicht. Unter den Linden sahen wir uns die Auslagen einiger Geschäfte an. Das von meiner Frau gesuchte Kostüm war im Frauen-Exquisitladen nicht ausgestellt. Wann wir genau losgefahren sind, kann ich nicht sagen. Wir fuhren durch folgende Straßen: Unter den Linden, Liebknechtstraße, Spandauer Straße, Grunerstraße, Greifswalder Straße. In Höhe der Greifswalder Straße/Hufelandstraße bemerkte ich den weißen Trabant mit rotem Dach wieder hinter mir. Abstand ca. 80-100 m. Ich kann aber nicht 100 %ig sagen, ob es sich um das gleiche Fahrzeug handelte.

Als ich an der Ecke Klement-Gottwald-Allee/Gürtelstraße hielt, bog der obengenannte Wagen in die Michelangelostr. ein. Auf meine Frage, ob ich auf meine Frau warten soll, sagte sie, ich soll immer nach Hause fahren, um nach den Kindern zu sehen. Sie ist nicht lange [weg], sie wird kurz nach 22.00 Uhr zu Hause sein. Als ich am Antonplatz auf die Standuhr sah, war es 21.45 Uhr. Demnach ist meine Frau 21.40 Uhr aus dem Fahrzeug gestiegen.

Gegen 2.00 Uhr bin ich schlafen gegangen, weil ich annahm, meine Frau ist bei der Genn. P. geblieben. Als ich am 4.5.1971 bei der Genn. anrief, sagte sie mir, dass meine Frau gar nicht dagewesen sei. Danach rief ich auf der Arbeitsstelle an und erhielt die Antwort, dass meine Frau noch nicht eingetroffen sei. Gegen 8.00 Uhr wurde der Leiter unseres Dienstbereiches durch mich von dem Sachverhalt informiert.«

Schon am 4. Mai schrieb er seiner Geliebten einen Brief. Darin teilte er, wie er versprochen hatte, seine Wohnanschrift mit und berichtete, dass seine Frau spurlos verschwunden sei. Den Termin für die geplante Zusammenkunft am 5. Mai sagte er ab und vertröstete die Dame seines Herzens auf die folgende Woche. Da sollte dann endlich das ersehnte Wiedersehen in Berlin stattfinden.

Werner Maschke war irgendwie stolz auf sich. Er redete sich ein, dass es ihm hervorragend gelungen sei, die Tatbeweise zu beseitigen. Die Vorderfront seines »Trabant« hatte er auch von den Blutspuren beseitigt; ein Teil der Bekleidung, die er zum Mord trug, sowie das Waffenreinigungsgerät hatte er vorsorglich mit in die Dienststelle genommen. Er glaubte fest, dass sein Dienstzimmer der sicherste Aufbewahrungsort für diese verräterischen Spuren wäre.

Er glaubte auch, dass er bei den bisherigen Befragungen eine gute Figur abgegeben hatte und mögliche Verdachtsmomente gegen ihn hatte entkräften können. Das sollte sich aber als ein folgenschwerer Irrtum herausstellen. Der Tatverdacht verstärkte sich gegen ihn in der Weise, dass er bereits am 6. Mai 1971 durch die Mitarbeiter der Hauptabteilung IX (Untersuchung), Hauptmann Lüdicke und Hauptmann Settnik, einer zielgerichteten Befragung unterzogen wurde. Nach längerem hartnäckigen Leugnen gestand Werner Maschke gegen 22 Uhr schließlich, am 3. Mai 1971 gegen 21.45 Uhr seine Frau in einem Waldgebiet im Kreis Bernau ermordet zu haben. Zum Verhängnis wurden ihm unter anderem die Arbeitskollegen seiner Ehefrau, die zeugenschaftlich bekundeten, dass Ruth Maschke immer mehr Angst vor ihrem Mann bekam wegen der Nachtfahrten in dunkle Wälder, zu Müllkippen und Gärten.

Werner Maschke gestand auch, den Panzerschrankschlüssel Nr. 22, über den am Anfang berichtet wurde, entwendet zu haben, um dem Kollegen beim Personenschutz, den er nicht leiden konnte, Schaden zuzufügen.

Derart überführt, erklärte er sich sofort bereit, den Liegeort der Leiche konkret zu zeigen, woraufhin noch am 6. Mai 1971 gegen 22.30 Uhr nach Einleitung entsprechender Sicherheitsvorkehrungen im Beisein von Maschke eine Ortsbesichtigung vorgenommen wurde.

Bei den sofort eingeleiteten Suchmaßnahmen konnte

die Leiche, bedingt durch Dunkelheit und massenhaft im Wald herumliegendes, abgehacktes Unterholz, nicht gefunden werden. Nachdem Werner Maschke den Standort des Pkw zeigte und erzählte, dass er seine Ehefrau nach dem Mord in eine Baumreihe geschleift habe, kam er der Aufforderung vom untersuchungsführenden Hauptmann Hans Becker nach, auch diese Baumreihe zu zeigen. Er entfernte sich noch tiefer in den Waldweg hinein (natürlich war er noch immer an seinen Bewacher gekettet) und glaubte, die Baumreihe gefunden zu haben. An dieser Stelle schlug Hans Becker einen Pflock außerhalb des Waldweges ein. Eine weitere Suche sowohl nach der Leiche als auch nach weiteren Spuren wurde unterlassen, da im dunklen Wald Fehler nicht vermeidbar gewesen wären.

Das von Maschke bezeichnete Waldstück wurde umfassend abgesichert und nach Sonnenaufgang am 7. Mai 1971 die Suche nach der Leiche fortgesetzt, die man gegen 4 Uhr fand. Hier zeigte sich, dass sich Werner Maschke um drei Baumreihen geirrt hatte. Mit dem Auffinden der Leiche seiner Ehefrau hatte er exzellentes Täter- und Tatwissen offenbart, was ja unter Kriminalisten und Juristen als besonders beweiskräftig gilt.

Mit der Untersuchung des Tatortes wurde eine Untersuchungsgruppe beauftragt, die den weiträumig und gut gesicherten unveränderten Tatort am 7. Mai um 6 Uhr unter der Leitung von Diplom-Kriminalist Hauptmann Hans Becker übernahm.

Gegen 19 Uhr wurde die Tatortuntersuchung beendet. Das Tatortuntersuchungsprotokoll wurde mit Datum 7.

Mai 1971 verfasst; die Tatort- und Fundortskizze aber erst am 26. Mai 1971 durch Hauptmann Kumpf angefertigt:

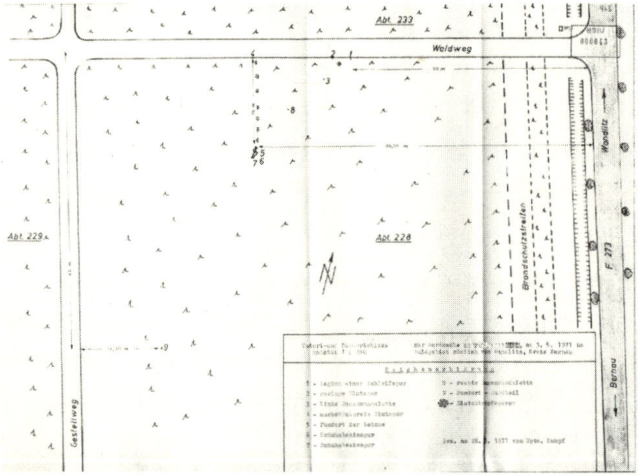

Die Spurenlage widerspiegelte den Ablauf der Mordtat, wie er durch Werner Maschke geschildert wurde. An der Markierung Nr. 1 war der Beginn der Schleifspur festzustellen, an der Markierung Nr. 5 lag die Leiche von Ruth Maschke. Nr. 2 weist auf eine geringe Blutspur hin, Nr. 4 auf eine markstückgroße Blutspur. Zwischen Nr. 4 und Nr. 5 wurden zahlreiche Blutabtropfspuren gesichert. An der Markierung Nr. 3 fanden die Kriminalisten eine linke Damensandalette, an der Markierung Nr. 8 die rechte, an den Markierungen Nr. 6 und Nr. 5 zwei Schuhabsatzeindruckspuren, die schon bei der Inaugenscheinnahme am Tatort auf einen gemeinsamen Verursacher hindeuteten.

Später suchten die Kriminalisten noch nach dem Handbeil, von dem Werner Maschke in seiner Befragung berichtete, dass er es weggeworfen hatte. Sie fanden es in einiger Entfernung 13,3 Meter zum Gestellweg in derselben Abteilung 228, in dem sich das ganze Drama abgespielt hatte. Über diese Suchaktion wird später noch berichtet werden.

Im Tatortuntersuchungsprotokoll wurde auf diese Spuren und Gegenstände exakt hingewiesen.

Der Bildbericht zur Tatortuntersuchung beginnt, wie es sich für gut ausgebildete Kriminalisten gehört, mit einer Orientierungsaufnahme. Sie zeigt die Fernverkehrsstraße 273 in Richtung Wandlitz. Der Pfeil zeigt dabei in Richtung zum Tatort und Waldweg, der die Grenze zwischen den Abteilungen 228 und 233 darstellt:

Eine Übersichtsaufnahme des Waldweges von der F 273 aus gesehen, deutet dann schon auf den unmittelbaren Tatbereich hin. Hinten links im Bild die schon genannten Spuren Nr. 1, 2 und 4; die Markierungen sind allerdings schlecht zu erkennen:

Am Fundort der Leiche (Nr. 5) fand man Schuheindruckspuren (Nr. 6 und 7), allerdings wird hier im Gegensatz zur Tatortskizze bei Nr. 7 von einer Schuhsohleneindruckspur gesprochen:

Bild 12: Fundort der Leiche in Richtung zum Waldweg gesehen.
Ziffer 5 - Fundort der Leiche;
Ziffer 6 - Schuhabsatzspur;
Ziffer 7 - Schuhsohlenspur;
Pfeil - Teil eines Damenstrumpfes;
markierter Bereich - aufgekratzter Waldboden.

Aus dem Tatortuntersuchungsprotokoll erfahren wir, dass wegen der allgemeinen Verschmutzung der Leiche und der Auffindungslage am Liegeort davon Abstand genommen wurde, die an beiden Beinen und dem Mantel vorhandenen Kratzer zu beschreiben; es wurde auf die entsprechenden Passagen des Obduktionsberichts verwiesen.

Und wir erfahren auch, dass nach der Besichtigung des Tatortes und der Erläuterung der Spurenlage Prof. Dr. med. Dr. h. c. mult. Otto Prokop, der Direktor des Institutes für gerichtliche Medizin der Humboldt-Universität zu Berlin in der Hannoverschen Straße, gegen 11.30 Uhr höchstpersönlich am Ereignisort erschien und an der unveränderten Leiche die Leichenschau durchführte. »Hierbei stellt er im Bereich der linken Wange einen Defekt fest, der die Möglichkeit der Anwendung einer Schusswaffe gegen das Opfer begründet.«

Natürlich, der Fall Werner Maschke wurde in der DDR geheim gehalten, die Öffentlichkeit war nicht informiert. Es war also nicht allgemein durch Presse oder Funk bekannt, was bei Wandlitz im Wald geschah. Hans Becker hatte Otto Prokop aus seinem Institut abgeholt, mit ihm die Enterdigung der Leiche durchgeführt und ihn auch wieder zurück nach Berlin gebracht.

Am Morgen des 7. Mai wurde Werner Maschke folgerichtig in Untersuchungshaft genommen. Die Untersuchung gegen die eigenen Mitarbeiter führte die Hauptabteilung IX/5 des MfS. Als der Mörder kurz nach seiner Verhaftung gestand, seine Frau Ruth getötet zu haben, wurde die Fahndung nach Ruth Maschke am 7. Mai 1971 wieder gelöscht.

Werner Maschke legte im Ermittlungsverfahren und später auch im Gericht ein vollständiges Geständnis ab, was den Mord an seiner Ehefrau betraf.

In seiner Vernehmung am 8. Mai 1971 gab er zum Beispiel an, seine Ehefrau nicht nur beschossen, sondern auch mit einem Beil gegen den Kopf geschlagen und dieses dann in der Nähe des Tatortes im Wald versteckt zu haben. Deshalb wurde mit ihm am 10. Mai 1971 in der Zeit von 17 bis 18 Uhr noch einmal eine Ortsbesichtigung durchgeführt. Dort zeigte er die Stelle, wo er das Handbeil am 3. Mai 1971 nach dem Verbrechen versteckt hatte. Bei einer sofort durchgeführten Suchaktion konnte das Beil aber nicht gefunden werden.

Es wurde akribisch weitergesucht, worüber ein Protokoll vom 11. Mai 1971, unterzeichnet ebenfalls von Hauptmann Hans Becker, Auskunft gibt:

»Zur Auffindung des Beiles fand am 11. Mai 1971 ab 8.00 Uhr in dem von [Maschke] bezeichneten Teil der Abteilung 228 eine stabsmäßig gelenkte Suchaktion statt, wobei 25 Suchkräfte zum Einsatz kamen.

In der ersten Phase der Suche wurde, gemessen vom Tatweg in südlicher Richtung, in einem 22,00 Meter tiefen Streifen das in der Abteilung 228 liegende Geäst und Strauchwerk aus dem Wald getragen und in der Abteilung 229 abgelegt. Das Heraustragen verlief von südlicher nach nördlicher Richtung. Vor dem Abtransport erfolgten ein mehrmaliges Schütteln sowie eine visuelle Inspektion, um eine festgeklemmte Hülse entdecken zu können.

Danach wurde das im westlichen Teil der Abteilung 228 liegende Geäst in 20,00 Meter Tiefe, vom Gestellweg zwischen den Abteilungen 228 und 229 in östlicher Richtung gemessen, herausgetragen und ebenfalls in der Abteilung 229 abgelegt. Die zu beiden Seiten dieses Gestellweges lagernden Reisigmassen wurden ebenfalls dorthin umgesetzt.

Nachdem so günstige Voraussetzungen für die Suche geschaffen waren, erfolgte die Einteilung der Suchkräfte so, dass als rechte Begrenzung die den Tatort im Süden begrenzende Schneise gewählt wurde und die Suche in östlicher Richtung erfolgte.

Die Suchkräfte hatten Tuchfühlung, rutschten knieend vorwärts und wendeten manuell den vor ihnen befindlichen Waldboden. Hierbei wurde um 14.25 Uhr des 11. Mai 1971 ein Beil gefunden, die Suche abgebrochen, der Fundort gesichert und die Suchkräfte in der Abteilung 229 stationiert.«

Trotz aller Mühen konnte die Patronenhülse nicht gefunden werden. Möglicherweise hatten Spaziergänger die Hülse gefunden, denn vom Mord bis zur Tatortuntersuchung waren ja viele Stunden vergangen.

Selbstverständlich wurde auch der Pkw »Trabant 601-S«, der zur Mordtat benutzt worden war, gründlich inspiziert. Nach Öffnen der Motorhaube besichtigte man den Motorraum. Auf dem oberen Rand der Kühlerschürze wurden mehrere blutverdächtige Auflagerungen in Stecknadelkopfgröße festgestellt. Bei der weiteren Suche fanden sich dann am Frischluftstutzen drei rotbraune Auflagerungen, wobei eine Auflagerung die Form einer Tropfspur mit Fallrichtung von oben nach unten auswies. Am vorderen Teil des Geräuschdämpfers befanden sich drei weitere stecknadelkopfgroße rotbraune Auflagerungen; 13 ebenso große rotbraune Auflagerungen waren auf der linken Vorderradverkleidung erkennbar, die die Form kleiner Spritzer mit Fallrichtung von vorn rechts oben nach links unten hatten. Zwei weitere Spuren gleicher Art und Größe konnten in der linken Regenablaufrinne vom Motorraum festgestellt werden. Alle Blutspuren im Motorraum wurden markiert, fotografisch fixiert und durch Abtupfen gesichert.

Auch Blattfragmente und Rückstände bodenkundlicher Art konnten auf der Fußmatte des Fahrzeuges gesichert werden. »Im rechten Seitenfach steckt ein Stadtplan von Berlin mit handschriftlichen Aufzeichnungen in Form von Ziffern, Buchstaben, taktischen Zeichen und der Markierung einer Fahrstrecke zwischen dem Gebäude des ZK der SED und Friedrichsfelde. Zwischen die kleine Sonnenblende und das Dach ist eine Parkkarte mit der Verwaltungsnummer 1191 gesteckt.« So endet der Bericht vom 13. Mai 1971.

Alle Spuren und Gegenstände wurden der Technischen Untersuchungsstelle des MfS übersandt mit der Bitte, sich gutachterlich zu äußern. Das komplexe Gutachten lag dann am 16. Juni 1971 vor (Exp.-Nr. 710.474). Seine wesentlichen Ergebnisse lassen sich wie folgt zusammenfassen:

1. Die blutverdächtigen Flecken, die im Motorraum des Pkw »Trabant« gefunden und gesichert wurden, waren derart schwach ausgeprägt, dass sie nur für den Blutnachweis mit Hilfe von Benzidin ausreichten, der positiv ausfiel. Obwohl der positive Benzidinnachweis nicht allein für Blut charakteristisch ist, konnte doch eingeschätzt werden, dass es sich um Blut handeln

könnte, zumal die Schmutzkontrollen aus der Umgebung auf Benzidin negativ ausfielen.

2. Bei den an verschiedenen Stellen des Fundortes der Leiche gesicherten blutverdächtigen Flecken im Waldboden handelte es sich um Menschenblut (Nachweis durch Benzidinreaktion, Takayama-Probe und Artnachweis nach Uhlenhuth). In zwei nahe der Leiche gelegenen Flecken konnte die Blutgruppe A bestimmt werden, die auch das Opfer besaß.
3. Die mit Gips gesicherte Eindruckspur zeigt den Absatzbereich eines Schuhs. An den teilweise vorhandenen Leistenfragmenten war für die Experten erkennbar, dass die Spur mit einem Schuh der Bezeichnung »Marathon« gesetzt wurde. Auch der Abdruck eines Nagelkopfes konnte bestimmt werden, welcher in den spurenverursachenden Schuh eingetreten worden war. Der Vergleichsschuh von Werner Maschke wies all diese Merkmale auf und stimmte auch von der Schuhgröße, so dass die Gutachter zu einer eindeutigen Aussage kamen: »Die genaue Übereinstimmung der Lage und Maße eines derartigen Merkmals sowie die Übereinstimmung der allgemeinen Merkmale lassen die Schlussfolgerung zu, dass die mit Gips gesicherte Schuheindruckspur mittels des Schuhabsatzes des … linken Schuhes [von Werner Maschke] gesetzt wurde.«
4. An dem Beilstiel wurde eine Papillarlinienspur festgestellt. Diese Papillarlinienspur wurde mit Blut gegriffen und war der Abdruck eines Teils des Papillarlinienbildes einer Handfläche. Die Vergleichsuntersuchung ergab, dass die Papillarlinienspur am Beilstiel durch den

Fingerwurzelbereich des linken Mittelfingers von Werner Maschke verursacht worden war. Das konnte eindeutig durch neun individuelle Merkmale, sogenannte Minuzien, bewiesen werden:

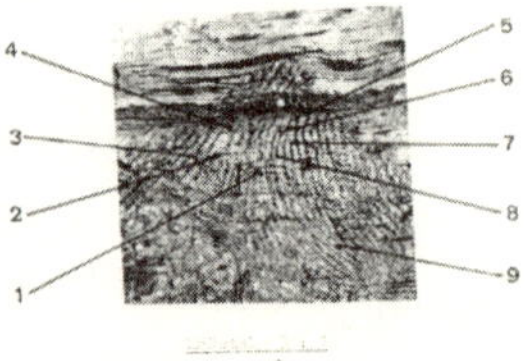

In Blut gegriffene Spur am Beil

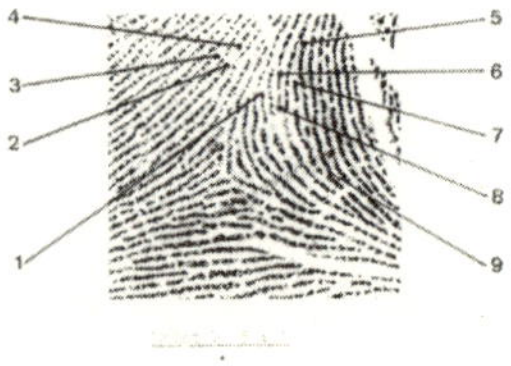

Vergleichsabdruck von Werner Maschke

5. Die am Beil gesicherten Haare stammten von einer weiblichen Person. Bezüglich der Haarfarbe, der Markstranglage und der Breite konnten sie mit den Vergleichshaaren vom Opfer in Übereinstimmung gebracht werden.
6. Am Anorak von Werner Maschke wurden am unteren Saum in der Nähe des Reißverschlusses wenige blutverdächtige Flecke beobachtet, die als Menschenblut identifiziert werden konnten. In einer Eigenschaft konnte das Blut dem Opfer zugeordnet werden.

Zusätzlich wurde ein Schriftgutachten bezüglich der »Morddrohung« an Mitarbeiter des MfS in Auftrag gegeben, ebenfalls an die Technische Untersuchungsstelle. Dazu wurden drei Briefumschläge mit Briefen von Maschke an seine Ehefrau, ein roter Farbstift (Glasschreiber), ein Schulzeichenblock und ein Zeichenblock übergeben. Und natürlich eine Schriftprobe von Werner Maschke in Großbuchstaben wie auf dem Drohbrief. Folgende Untersuchungsfragen wurden gestellt:

1. Ist das Tatschreiben und ist die Vergleichsschrift von ein und derselben Person geschrieben worden?
2. Wurde mit dem Glasschreiber das Tatschreiben geschrieben?
3. Wurde das Tatschreiben auf dem Papier des Schulzeichenblocks bzw. des Zeichenblocks geschrieben?

Im Gutachten vom 3. Juni 1971 kamen die Sachverständigen zu einem eindeutigen Ergebnis: »Die im Verlauf des durchgeführten Handschriftenvergleichs festgestellten Übereinstimmungen charakteristischer Schriftmerkmale schließen ihrem identifizierenden Wert und ihrer Anzahl nach die Möglichkeit zufälliger Übereinstimmungen mit der Handschrift einer anderen Person aus und gestatten eine eindeutige Festlegung der Identität des Schrifturhebers … Der vorgelegte Text ›WIR HÄNGEN EUCH AUF! STAATSSICHERHETSSCHWEINE‹ wurde von dem [Werner Maschke] … geschrieben.«

Die Untersuchung des Glasschreibers brachte nur eine Artgleichheit hervor und damit die Feststellung, dass er zum Schreiben des Textes verwendet worden sein *kann*.

Die Frage 3 wurde dagegen wieder beweiskräftig beantwortet. Der Gutachter konnte in einer vergleichenden Untersuchung an den drei maschinell gefertigten Schnittkanten des Papiers, auf dem die Hetzschrift geschrieben worden war, Schartenspuren feststellen, »die sich an die Verläufe der an den zwei Schmalseiten und der unteren Breitseite des vorgelegten ›Schul-ZEICHEN-BLOCKES‹ befindlichen Schartenspuren anpassen … Daraus geht hervor, dass das Blatt des … Untersuchungsobjektes zur gleichen Zeit mit ein und demselben Schneidwerkzeug beschnitten wurde wie die Blätter des vorgelegten ›Schul-ZEICHENBLOCKES‹ und dass es aus diesem ›Schul-ZEICHENBLOCK‹ entstammt.« Dass die Schartenspuren, die bei der Fertigung des Blockes entstanden waren, bei den Vergleichsobjekten wirklich übereinstimmten, kann man schon mit bloßem Auge erkennen.

Das gerichtsmedizinische Gutachten in der Leichensache Ruth Maschke erstatteten Prof. Dr. med. Otto Prokop und Doz. Dr. med. habil. Christiane Kerde noch am 7. Mai 1971. Die Leichenöffnung hatte im Wesentlichen folgende Ergebnisse:

1. Schädeldurchschuss. Eine rundliche, ca. 1 cm messende Schussöffnung mit 4 kleinsten, strahligen Ausläufern am Hinterkopf hinten links, dicht neben der Mittellinie. Eine zweite Schussöffnung an der linken Gesichtsseite ½ cm seitlich vom knöchernen Rand der linken Augenhöhle.
2. Zeichen mehrfacher vorwiegend stumpfer Gewalteinwirkung auf der rechten Schädelseite.
3. Zeichen vorwiegend scharfer Gewalteinwirkung im Sinne von Hiebverletzungen auf der rechten Gesichtsseite.

4. Zeichen von Gewalteinwirkung im Bereich des Halses.
5. Zeichen des Schleifens.

Als Todesursache wurde eine schwere Schädel-Hirnzerstörung infolge Schädeldurchschusses und zusätzlicher, äußerst kräftiger Gewalteinwirkung auf den Schädel festgestellt. Im Gutachten heißt es dazu: »Die Schussverletzung zeigt im Vergleich zu den übrigen Verletzungen die deutlichsten vitalen Zeichen. Sie dürfte zuerst beigebracht worden sein.« Die Verletzungen durch ein scharfkantiges Werkzeug (Beil?) zeigten noch deutliche vitale Reaktionen, im Gesicht mehr als an der Schädelvorderseite. Sie dürften ebenfalls noch zu Lebzeiten der Betroffenen, wahrscheinlich aber nach der Schussverletzung beigebracht worden sein.

»Die kleineren, aber deutlichen Unterblutungen in der Umgebung des Kehlkopfes und in der Halsmuskulatur, der unterblutete Abbruch des linken Zungenbeinhornes sowie die zahlreichen punktförmigen Blutungen in den Augenbindehäuten sprechen dafür, dass auch ein Drosseln oder Würgen noch zu Lebzeiten stattgefunden hat … Die zwar nicht kräftigen, aber doch deutlichen Unterblutungen von Haut und Unterhautfettgewebe im Bereich der Schleifspuren an den unteren Gliedmaßen weisen darauf hin, dass auch das Schleifen noch vor Todeseintritt stattgefunden hat … Alle Verletzungen dürften relativ kurzfristig nacheinander beigebracht worden sein. Die hochgradige Schädel-Hirnverletzung ist sicher nur kurzfristig überlebt worden. Trotzdem ist es doch zu einer erheblichen Ausblutung gekommen. Die Sektion ergab an der Leiche keine Kampf- oder Abwehrverletzungen.«

Diese gutachterlichen Feststellungen stimmten voll und ganz mit den Aussagen von Werner Maschke überein, die er hinsichtlich der Tatbegehung gemacht hatte. Es wurde auch bestätigt, dass die schwachen Lebenszeichen, die das Opfer nach dem Kopfschuss und nach den Beilhieben noch äußerte und die der Mörder registrierte, in der Realität vorhanden waren.

Nachdem man das Handbeil fand, wurde es ebenfalls in das Institut für gerichtliche Medizin geschickt mit der Fragestellung, ob dieses Beil die bei der Obduktion am 7. Mai 1971 festgestellten Hiebspuren verursacht haben konnte. Am 14. Juni 1971 teilte Doz. Dr. med. habil. Christiane Kerde das Untersuchungsergebnis mit. Danach erschien die Schneidkante des Beils relativ stumpf. »Nach den durchgeführten Versuchen und Vergleichsaufnahmen kann gesagt werden, dass das vorliegende Handbeil geeignet ist zum Hervorrufen der bei der Sektion festgestellten Hiebverletzungen.«

Damit war auch diese Frage eindeutig beantwortet.

Später (wann genau geht aus den Protokollen nicht hervor) wurde sogar noch ein Taschentuch des Werner Maschke am Tatort gefunden und sichergestellt.

Nach Vorlage des Taschentuches notierte Werner Maschke Mitte Juni 1971 für seine Vernehmer: »Auf diesem Bild ist mein Taschentuch abgebildet. Ich habe es versehentlich am Tatort liegengelassen, nachdem ich meine blutigen Hände sowie die Axt abgewischt hatte. Zu diesem Zeitpunkt war jedoch das Taschentuch unbeschädigt. Mir wurde zur Kenntnis gegeben, dass die herausgeschnittenen Flecke zur Blutuntersuchung dienten.«

Wie das Ergebnis dann ausgefallen ist, kann man sich denken.

Zusammenfassend kann gesagt werden: Die Aussagen von Werner Maschke, der den heimtückisch und brutal begangenen Mord an seiner Frau mit allen Details eingestand, wurden durch die Ergebnisse der kriminalistischen Tatortarbeit, das spurenkundliche Gutachten der Technischen Untersuchungsstelle des MfS sowie die Gutachten des Instituts für gerichtliche Medizin der Humboldt-Universität zu Berlin objektiviert, womit Werner Maschke zweifelsfrei als Täter überführt werden konnte.

Kommen wir nun zur geistigen Verfassung von Werner Maschke. Im Ergebnis der psychiatrischen Begutachtung wurde konstatiert, dass Werner Maschke für das vorsätzliche Tötungsverbrechen strafrechtlich voll verantwortlich war und keinerlei krankhafte Störung der Geistestätigkeit und auch keine Bewusstseinsstörung im Zeitraum von Entschlussfassung, Planung, Vorbereitung und Ausführung des Mordes vorlagen. Diese Formulierungen ergaben sich aus den gesetzlichen Bestimmungen, die zum Zeitpunkt der Tat in der DDR gültig waren.

Nach § 15 Absatz 1 StGB aus dem Jahr 1968 war die strafrechtliche Verantwortlichkeit nämlich ausgeschlossen, »wenn der Täter zur Zeit der Tat wegen zeitweiliger oder dauernder krankhafter Störung der Geistestätigkeit oder wegen Bewusstseinsstörung unfähig ist, sich nach den durch die Tat berührten Regeln des gesellschaftlichen Zusammenlebens zu entscheiden«.

Das Nervenfachärztliche Gutachten erstattete Medizinalrat Doz. Dr. med. Manfred Ochernal am 27. August 1971, nachdem er Werner Maschke am 13. August 1971 im Haftkrankenhaus Berlin untersucht und exploriert hatte. Wörtlich heißt es in der psychiatrischen Expertise:

»Allein die Raffinesse, mit der das ihm zur Last gelegte Verbrechen geplant war, spricht gegen eine Einschränkung des Bewusstseins, wie auch gegen das Vorliegen von krankhaften Störungen der Geistestätigkeit.

Die charakterlichen Minderwertigkeiten des M., die er hier über einen längeren Zeitraum entwickelte, waren, wie bereits erwähnt, getragen von einem nahezu grausamen Egoismus, aber das ist keine Erscheinung, die als strafmildernd vom Fachgebiet der forensischen Psychiatrie her anzusehen wäre.

Wir verzichten auf die unnötige Wiederholung einzelner Passagen in den Vernehmungen des M., besonders zur Sache, aus denen unter anderem auch hervorgeht, wie er sich, seiner Verantwortung durchaus voll bewusst, durch L ü g e n abzusichern suchte, was allein von dieser Seite her sein intaktes Denkvermögen, seine Einsichtsfähigkeit, sein Rechtsverständnis, seine Steuerungsfähigkeit und die Fähigkeit, die zu erwartenden Konsequenzen voll überblicken zu können, beweist (›Drohbrief‹, Beil, besonders ›ruhige Gegend‹, Ausschalten der Scheinwerfer, Mitnahme der Schuhe in die Dienststelle, Dienstpistole zu Hause, intensives Spurenbeseitigen, Verschleierung nach dem 4.5.1971, Variante mit Trabant mit rotem Dach).

Es gibt auch in den Vernehmungen mit ihm noch viel mehr Hin- und Beweise für diese Fähigkeiten des M. und Hin- und Beweise dafür, dass eben zur Zeit der Tat keine pathologischen oder krankheitswertigen Störungen vorlagen …

Für die Anwendung der §§ 15 Absatz 1 und 16 Absatz 1 StGB ergeben sich nach Kenntnis der Person und Sache nicht die geringsten Anhaltspunkte.«

Neben der Tötung seiner Frau wurde gegen Werner Maschke der Vorwurf der Spionage für den Bundesnachrichtendienst erhoben und im Gerichtsverfahren mit verhandelt.

Im Prozessvorschlag der Hauptabteilung IX/5 des MfS vom 7. März 1972, unterzeichnet von Major Settnik, heißt es: »Die Hauptverhandlung wird unter Wahrung strengster Konspiration und Absicherung durchgeführt. Aus diesem Grunde findet die Verhandlung im Gebäude des Militärobergerichts Berlin statt.« Der Ausgang des Verfahrens gegen Werner Maschke liest sich in diesem Dokument so: »Entsprechend der Auskunft des Militäroberstaatsanwaltes der Deutschen Demokratischen Republik ist beabsichtigt, gegen M. eine lebenslange Freiheitsstrafe zu beantragen.«

Im Prozessbericht vom 23. Mai 1972, ebenfalls unterzeichnet von Major Settnik, wird darauf hingewiesen, dass als Zuhörer ausgewählte Mitarbeiter der Hauptabteilungen PS, Kader und Schulung, II/1 sowie der Vorsitzende der Kreisparteikontrollkommission teilnahmen. »Die Anwesenden wurden durch das Gericht zur Geheimhaltung verpflichtet.«

Der 1a-Militärstrafsenat des Obersten Gerichts der DDR unter dem Vorsitz von Dr. Günther Sarge verurteilte den Angeklagten am 19. Mai 1972, ein Jahr nach der Tat, wegen Spionage im besonders schweren Fall und wegen Mordes zum Tode, nachdem Werner Maschke folgende letzte Worte sprach: »Ich bereue beide Straftaten und möchte betonen, dass es bei einer richtigen Einschätzung der Lage damals zu diesen Straftaten nicht gekommen wäre. Wenn ich die Möglichkeit erhalten sollte, werde ich für mein weiteres Leben die richtigen Schlussfolgerungen ziehen.«

Dazu hatte Werner Maschke aber keine Gelegenheit mehr. Das Urteil wurde am 29. September 1972 um 10.00 Uhr in der Strafvollzugsanstalt Leipzig durch Genickschuss vollstreckt. Im Vollstreckungsprotokoll lesen wir: »Am 29. September 1972 wurde durch den anwesenden Staatsanwalt die Personengleichheit des Verurteilten festgestellt und ihm mitgeteilt, dass die Vollstreckung erfolgt. Die Vollstreckung wurde ordnungsgemäß vollzogen. Der hinzugezogene Arzt stellte um 10.00 Uhr den Tod fest. Eine Einäscherung erfolgte am gleichen Tag.«

Ein Facharzt für Innere Medizin, der sich als der behandelnde Arzt ausgab, vermerkte falsch auf dem Totenschein als direkt zum Tode führende(r) Krankheit oder Krankheitszustand: »Hypertonie mit cerebrovaskulärer Beteiligung«, Vorerkrankung: »Diabetes mellitus«. Was auf Deutsch heißt, dass ein Bluthochdruck mit arteriosklerotischen Veränderungen der Hirngefäße den Tod verursacht hat. Der Facharzt bescheinigte so einen natürlichen Tod in einer stationären Einrichtung. Nun ja, das Letzte stimmte ja irgendwie.

In dem Übergabeprotokoll vom 10. November 1972 (Strafvollzug an den Staatsanwalt Kunze) ist allerdings die Rede davon, dass eine »Anzeige eines unnatürlichen Todesfalles« übergeben bzw. übernommen wurde, dazu ein Totenschein, eine Geburtsurkunde, ein Personalausweis und zwei Sterbeurkunden.

Als im Auftrag des Generalstaatsanwaltes der DDR diese »Anzeige eines unnatürlichen Todesfalles« an das Standesamt Berlin geschickt wurde, war Günter Werner Maschke sogar in Berlin verstorben …

Auch das MfS hatte gegen die Vollstreckung des Todesurteils keine Einwände gehabt. Im obengenannten Prozessbericht von Major Settnik heißt es: »Gegen eine Vollstreckung des Urteils liegen nach Auffassung der Hauptabteilung IX/5 keine operativen Gründe vor. Es wird eingeschätzt, dass M. umfassende Aussagen über den Agenten des Bundesnachrichtendienstes ›Junge‹ tätigte und keine weiteren Hinweise zur Feststellung des

›Junge‹ und dessen möglicher Festnahme erarbeitet werden können.«

Die Geschichte des Todesurteils begann damit, dass der Militäroberstaatsanwalt, Generalmajor Leibner, an den Generalstaatsanwalt der DDR, Dr. Josef Streit, am 8. Februar 1972 einen Brief schrieb, in dem er um Zustimmung zur Beantragung der Todesstrafe bat. Streit wiederum schrieb am 10. Februar 1972 mit einem ebensolchen Anliegen an den Ersten Sekretär des Zentralkomitees der SED Erich Honecker. Noch am selben Tage widmete sich Honecker diesem Vorgang, und damit sein Urteil nicht übersehen wird, vermerkte er auf der Seite 1 des Streitschen Schreibens oben rechts für den Generalstaatsanwalt, dass unbedingt auf der Seite 2 nachzusehen sei. Dort stand links neben »Ich beabsichtige, die Todesstrafe beantragen zu lassen. Ich bitte um Zustimmung« ebenfalls handschriftlich »Nein«. Ein Gnadengesuch an den Vorsitzenden des Staatsrates der DDR Walter Ulbricht sei abgelehnt worden, heißt es in einem Schreiben vom 21. September 1972 von Leibner an den Leiter der Verwaltung Strafvollzug beim Ministerium des Innern Oberst Tunnat – mit der Aufforderung, das Todesurteil zu vollstrecken. Allerdings findet sich in den Akten kein Beweis dafür, dass Ulbricht sich überhaupt mit dem Gnadengesuch beschäftigt hat.

Der Komplex der »Spionage«, der bestimmt schon mit Erstaunen zur Kenntnis genommen wurde, muss gesondert kommentiert werden. Beim Lesen der unendlich langen Protokolle zum Spionagevorwurf wird man den Gedanken nicht los, dass hier etwas konstruiert worden ist, was nicht einmal in Ansätzen der Realität entsprach.

DER GENERALSTAATSANWALT

DER DEUTSCHEN DEMOKRATISCHEN REPUBLIK

DER GENERALSTAATSANWALT DER DDR
104 Berlin, Scharnhorststraße 37

Erster Sekretär
des Zentralkomitees der SED
Genossen Erich Honecker

102 Berlin
Marx-Engels-Platz

Ihre Zeichen | Ihre Nachricht vom | Unsere Zeichen | Fernruf 2206 3600 | 104 Berlin, Scharnhorststraße 37, den 10. Febr. 1972

Betreff

Werter Genosse Honecker!

In der Strafsache gegen den ehemaligen Oberleutnant des Ministeriums für Staatssicherheit xxxxxxxxxxxxxxxxxx sind die Ermittlungen abgeschlossen.

Mischner hat als angeworbener Agent des Bundesnachrichtendienstes im Zeitraum von Juni 1969 bis April 1971 auftragsgemäß Tatsachen und Informationen, die zum Schutz der DDR geheimzuhalten sind, gesammelt und an den Mitarbeiter des BND "Junge" verraten.
Er nutzte seine Tätigkeit als Offizier der Sicherheitsorgane aus, um im Verlaufe von 15 Treffs mindestens 20 Einsatzdokumente und Maßnahmepläne über die Gewährleistung von Sicherheit und Ordnung und spezielle Fahrstrecken der führenden Persönlichkeiten der Partei- und Staatsführung bei politischen Großveranstaltungen dem Geheimdienstmitarbeiter auszuliefern.

Er berichtete schriftlich und mündlich über Aufgabenstellung, Struktur und personelle Besetzung seiner Diensteinheit der Sicherheitsorgane. Weiterhin hat er geheinzuhaltende Informationen über Mittel, Methoden und Aufgaben der Zusammenarbeit mit etwa 70 Bürgern der DDR bei der Lösung bestimmter Sicherheitsaufgaben dem BND preisgegeben. Er berichtete über konkrete Jahrespläne seiner Diensteinheit für das Jahr 1971 sowie über alle Pläne, Maßnahmen und Detailfragen der Gewährleistung der Sicherheit in der Vorbereitung und Durchführung des VIII. Parteitages unserer Partei.
Dieser Verrat wurde ihm vom BND mit 4.600.- Mark honoriert.

Anfang März 1971 faßte er den Entschluß, seine Ehefrau Renate zu töten.
Dieses Vorhaben bereitete er langfristig und intensiv mit äußerst raffinierten Mitteln vor.

Am 3. Mai 1971 hat er seine Ehefrau während einer gemeinsamen Spazierfahrt in der Nähe der Ortschaft Wandlitz mit seiner Dienstpistole "Makarow" durch einen gezielten Schuß auf den Hinterkopf getötet. Anschließend zertrümmerte er durch mehrfaches Zuschlagen mit einer Axt den Schädel seines Opfers und würgte anschließend die Geschädigte mit beiden Händen am Hals so lange, bis für ihn sichtbar der Tod eingetreten war.

Ich beabsichtige, die Todesstrafe beantragen zu lassen.
Ich bitte um Zustimmung.

Mit sozialistischem Gruß

Offenbar steckte dahinter, dass Erich Mielke als Chef des MfS nicht hinnehmen konnte und wollte, dass ein Tschekist, der treu der Partei und der Regierung der DDR zu dienen hat, auch moralisch ohne Fehl und Tadel, personengleich ein grausamer und emotionsloser Mörder sein kann. Dieses Trauma ist von der Führungsriege wohl dahingehend selbst therapiert worden, indem man Werner Maschke noch eine Spionage im schweren Fall anhing. Denn wenn schon ein Mörder, dann musste er sich auch beim Klassenfeind in der Bundesrepublik Deutschland angedient haben.

Die Vernehmungen drehten sich dann fast nur noch um den vermeintlichen BND-Agenten »Junge«. Werner Maschke redete sich um Kopf und Kragen und verlor mit seinen Spionagemärchen offenbar den Überblick. Er behauptete, dass seine Ehefrau zuerst von »Junge« angeworben worden war, dann, dass »Junge« ihm geraten habe, seine Frau umzubringen, weil sie ihren Mann mit dem BND-Agenten angeblich zusammen gesehen hatte. Werner Maschke fabulierte, versuchte, einigermaßen überzeugend zu wirken, wie er das bei der Story mit dem »Trabant« und dem roten Dach schon praktiziert hatte. Er verwickelte sich zunehmend in Widersprüche, erklärte dann, dass seine geheimdienstlichen Kenntnisse schlecht sind, weil er als Personenschützer auf diesem Gebiet nicht arbeitete. Dann widerrief er alles, vor allen Dingen auch das Zusatzmotiv, dass dieser »Junge«, der nie ermittelt oder aufgefunden worden ist, ihn zur Ermordung seiner Ehefrau aufgefordert hatte.

Auch im Gerichtsverfahren wird sich mehr auf die Spionage als auf das Tötungsdelikt konzentriert. Maschkes Einlassungen sind oft hilflos und widersprüchlich, Widersprüche werden aber auch hier nicht aufgeklärt. Man hat den Eindruck, dass er gut Geschichten erfinden kann, aber am Ende gar nicht weiß, was er zu diesem oder jenem Sachverhalt schon alles ausgesagt hatte. Denn nur der, der immer die Wahrheit sagt und keine Erfindungen in die Welt posaunt, kann es sich leisten, ein schlechtes Gedächtnis zu haben.

So ist am Ende der Spionagevorwurf überhaupt nicht bewiesen. Werner Maschke gesteht und widerruft mehrmals, er wurde mit einem fremden Mann in einer Gaststätte gesehen, was ebenfalls nichts beweist. Er benennt eine Postfachnummer in Hamburg, an die er seine Informationen geschickt haben will. Später sagt er, dass er sich die Nummer des Postschließfaches ausgedacht habe: Karl Baier, Hamburg W 4, Postfach 220. Offizieller Halter des Postfachs war das Deutsche Hydrographische Institut in Hamburg, aber durch konspirative Kontrollen des Postfachs wurde festgestellt, dass mehrere Abholer mit Pkw Sendungen aus dem Postfach holen konnten. »Ein Hinweis auf einen ›Karl Baier‹ und der Nachweis einer nachrichtendienstlichen Nutzung des Postfachs konnten jedoch nicht erbracht werden«, schreibt Klaus Eichner zu dieser mageren Beweislage in seinem Buch *Die Schüsse von Dölln.*

Zu ergänzen ist, dass Werner Maschke über gar kein MfS-Wissen verfügen konnte, dessen Verrat eine schwere Spionage darstellte. Er war ein normaler Personenschützer, der der DDR auch objektiv gar keinen großen Schaden zufügen konnte.

Das alles zählte aber für die zuständigen Ermittler und für die am Strafverfahren Beteiligten nicht. Es musste ein Verräter her, einer, der dem Klassenfeind diente, und er wurde gefunden und dazu gemacht.

In den Memoiren von Dr. Günther Sarge mit dem Titel *Im Dienste des Rechts. Der oberste Richter der DDR erinnert sich* fragt der ehemalige Präsident des Obersten Gerichts der DDR auf Seite 99 durchaus selbstkritisch: »Waren wir Richter Opfer falscher Ermittlungen geworden?« Oberst Dr. Sarge, damals Vizepräsident des Obersten Gerichts der DDR, hatte als Vorsitzender des Gerichts die Todesstrafe gegen Werner Maschke ausgesprochen. Zumindest in diesem Fall könnte seine Frage durchaus mit Ja beantwortet werden, was das »Verbrechen der Spionage im besonders schweren Fall« betrifft.

Diesen Komplex in der Strafsache gegen Werner Maschke genauer zu untersuchen, wäre aber ein neues Buch. Wir lassen es mit den genannten Bekenntnissen einfach bewenden.

Aus dieser Mordsache erfand der Journalist Peter-Ferdinand Koch in seinem Buch *Enttarnt. Doppelagenten: Namen, Fakten, Beweise* eine Geschichte, die jeglicher Grundlage entbehrt. Koch machte aus dem Tod von Ruth Maschke eine filmreife Szene im Zusammenhang mit einem bewaffneten Putschversuch gegen Walter Ulbricht, inszeniert durch Erich Honecker, der mit seinen Personenschützern samt aufgerüsteten und durchgeladenen Maschinenpistolen anrückte. In der Fantasie des Autors wurde Ruth Maschke bei einem Schusswechsel zwischen

Ulbrichts und Honeckers Personenschützern in Dölln in der Schorfheide, nördlich von Wandlitz und Berlin, getötet, weil Ulbrichts Mannschaft den überraschenden Aufmarsch als eine »Aktion des Klassenfeindes« missdeutete. Kochs Fabel geht so (Namen verändert):

»Plötzlich Hektik, in der ein Personenschützer, der MfS-Oberleutnant Werner Maschke, mit seiner Pistole auf die ›Angreifer‹ feuerte. Die schossen zurück. Ein Querschläger durchschlug den Kopf einer zufällig anwesenden Besucherin: Maschkes 30-jährige Ehefrau Ruth – tot.«

Die historischen Fakten lauten:

1. Eine gewaltsame Entmachtung Ulbrichts durch Honecker in Dölln mit einem Schusswechsel der Personenschützer hat es nicht gegeben.
2. Werner Maschke war überhaupt nicht in Dölln, denn er hatte beim Personenschutz keine bewachenden bzw. begleitenden Aufgaben mehr zu erfüllen.
3. Werner Maschke tötete seine Ehefrau im Wald bei Wandlitz.

Was war aber wirklich in Dölln geschehen? Edmund Weber, Ulbrichts Sicherheitsbegleiter und Personenschützer zu dieser Zeit, weiß besser Bescheid als die Gerüchtemacher:

»Wenn man so viel mit einem Menschen zusammen ist, wie ich mit Ulbricht war, dann spürt man gelegentlich auch, was in ihm innerlich vorgeht. Dass es möglicherweise um den Rücktritt meines Chefs ging, vermutete ich schon lange. Seit mindestens einem Jahr gab es mehrere Gespräche zwischen ihm und Breshnew.

Eine solche Frage wie die Veränderung an der Spitze der Partei, wurde nicht über Nacht entschieden und schon gar nicht mit Waffengewalt. Das war ein langer Prozess. Im Übrigen: Ohne Breshnew wäre ein Rücktritt Ulbrichts gar nicht möglich gewesen. … Es mag ja sein, dass er Vorbehalte gegenüber Walter Ulbricht hatte. Das kann ich nicht beurteilen. Aber er ist ihm immer mit großer Achtung und Höflichkeit begegnet. Selbst wenn Erich Mielke auf die Idee gekommen wäre, ein Sicherheitskommando zu schicken, das Ulbricht bedrängen sollte, hätte das weder Breshnew noch Honecker zugelassen. So etwas gab es meines Wissens in der DDR nicht.«

Leider hat Edmund Weber den betreffenden Tagesablauf in Dölln nicht exakt geschildert; es ist noch nicht einmal in dem Interview bekundet, ob er an diesem Tage als Personenschützer in der Nähe von Walter Ulbricht war. Deshalb müssen wir als Kriminalisten noch ein paar andere Fakten nennen.

Im schon erwähnten Buch von Klaus Eichner, der ehemalige Personenschützer, zum Teil direkt vom Begleitkommando von Walter Ulbricht, befragte, finden wir zusätzliche Argumente zur Räuberpistole von Koch. Dass plötzlich eine »unbeteiligte Person« im Eingangsbereich des Sommersitzes von Ulbricht auftaucht, und dann auch noch die Ehefrau eines Personenschützers, entbehre jeglicher Logik. »Eine zufällig anwesende Besucherin« widersprach dem jahrelang geübten und prinzipiell gepflegten Sicherheitsbedürfnis des MfS. Eine Zivilistin und

Ehefrau eines Personenschützers hatte in Dölln aber auch gar nichts zu suchen, zumal Werner Maschke von seiner Funktion in der Hauptabteilung Personenschutz in Dölln gar nicht im Einsatz sein konnte und auch nicht war. Also doppelter Unsinn.

Auch das Gespräch mit Walter Ulbricht zur endgültigen Entgegennahme seiner Rücktrittserklärung war keine Einzelaktion von Honecker, denn es ist bis heute noch gar nicht klar, ob Honecker an diesem Tag überhaupt in Dölln war. Zudem: Die Personenschützer mussten gar nicht mit Maschinenpistolen aufgerüstet werden, wie behauptet wird, denn Maschinenpistolen gehörten zur Grundausstattung der Begleitkommandos des Personenschutzes für Politbüromitglieder. »Dass die Personenschützer vom Sicherungskommando in Dölln, die Fahrzeuge und Personal der einzelnen Begleitkommandos genau kannten und in der Regel per Funk sich gegenseitig informierten, eine solche Handlung als ›Aktion des Klassenfeindes‹ missdeuten könnten, ist schlicht und einfach Quatsch, aber in einer solchen Aussage von Koch eben gewollt.«

In diesem spektakulären Kriminalfall wurde, wie wir jetzt wissen, Ruth Maschke bestialisch ermordet. Aber es gab noch andere Opfer, an die heute vielleicht niemand mehr denkt!

An erster Stelle sind die Kinder der Eheleute Maschke zu nennen. Was ist aus ihnen geworden? Waren sie überhaupt je in der Lage, ein unbelastetes Leben zu führen? Wir wissen nur, dass sie zunächst beim Bruder von Ruth

Maschke und im Kinderheim Berlin, Königsheideweg, untergebracht waren. Dann verloren sich alle Spuren, die wir aber auch nicht weiter verfolgt haben. Aus Achtung vor dem Leben dieser unschuldigen Kinder.

Das MfS kümmerte sich finanziell um die beiden Söhne. Der Pkw von Werner Maschke, die Wohnungseinrichtung sowie das gesamte Inventar wurden durch zuständige staatliche Institutionen verkauft; der Erlös zu gleichen Teilen auf die Sparbücher der beiden Söhne eingezahlt. Für diese Vorgehensweise hatte Werner Maschke eine Vollmacht unterzeichnet. Nicht unerwähnt soll bleiben, dass die Eltern von Ruth Maschke mit dieser Sicherung des Familieneigentums im Interesse der minderjährigen Kinder nicht einverstanden waren – und dies auch ziemlich unsachlich zum Ausdruck brachten. So wurde gefragt, wer denn »die 25 Gläser Heidelbeeren« jetzt habe, die sie angeblich der Familie des Verurteilten einige Zeit vor der Tat geschenkt hatten …

Und die anderen Familienangehörigen? Dem Pflegevater von Werner Maschke wurde nach einem Aktenvermerk vom 11. Oktober 1972 nur die halbe Wahrheit mitgeteilt, dass Werner Maschke nämlich »wegen Mordes vom zuständigen Strafsenat des Obersten Gerichts der DDR zum Tode verurteilt wurde, eine Begnadigung von der verfassungsmäßig dazu berufenen Stelle nicht erfolgt und das Urteil vollstreckt ist«. Weitere Auskünfte zur Straftat und zur Vollstreckung teilte man nicht mit, am Schluss des Gespräches übergab man ihm aber die Armbanduhr, die Manschettenknöpfe und den Ehering des Verurteilten. »Aus operativen Gründen wurde nicht mitgeteilt, dass

[Werner Maschke] auch wegen Spionage verurteilt worden ist.« In Fragebögen solle er ab sofort »... 1972 verstorben« angeben, wenn nach dem Pflegesohn gefragt werden sollte.

Vom Schicksal der Freundin von Werner Maschke, auch ein Opfer, ist wenig bekannt. Aus den Akten wissen wir, dass sie nach der am 13. Mai 1971 durchgeführten zeugenschaftlichen Vernehmung durch das MfS einen Nervenzusammenbruch erlitt, ins Krankenhaus eingeliefert wurde und dort therapeutisch behandelt werden musste. Gegenüber ihrer Mutter hatte sie in allergrößter Not und Aufregung geschrien: »Günter, warum hast du mir das angetan! Ich schäme mich jetzt zu Tode! Ich kann nicht mehr unterrichten, wie soll ich mich jetzt noch vor die Klasse stellen können!« Offenbar hatte Werner Maschke, konspirativ wie er war, nicht einmal seinen Rufnamen genannt. Für seine Geliebte war er einfach nur der Günter (sein zweiter Vorname!).

Konnte sie nach dieser enttäuschten Liebe, von der wir annehmen müssen, dass sie von ihrer Seite groß und aufrichtig war, jemals noch als Lehrerin unterrichten? Auch das wissen wir nicht. Aber vielleicht hatte es das Schicksal mit ihr noch gut gemeint. Wir wollen es ihr wünschen.

Und war Werner Maschke nicht auch irgendwie ein Opfer? Wie konnte er ein so grausamer Mörder werden? Welche Rolle spielten Kindheit und Erziehung? Auch darüber steht in den Akten wenig geschrieben, nicht einmal im Nervenfachärztlichen Gutachten von Doz. Dr. med. Manfred Ochernal vom 27. August 1971, der vom Untersuchungsorgan den folgenden Satz kritiklos übernahm: »Das Elternhaus des Beschuldigten wird als geordnet eingeschätzt, und es ergaben sich keine wesentlichen Auffälligkeiten in der Erziehung des M. und seinen Verhaltens- und Leistungseigenschaften.« Immerhin fand der Gutachter einen vordergründig zu sehenden Egoismus, eine auffallende Gemütsarmut und eine moralische Verkommenheit (was das auch immer sein mag), »aber das sind c h a r a k t e r l i c h e Eigenschaften, denen man keinen Krankheitswert beimessen kann, denn letztlich müsste man dann alle ähnlich gelagerten Tötungsverbrechen aus dieser Sicht zu beurteilen haben«.

In einem streng geheimen *Vorschlag zur Entlassung* aus dem MfS durch die Hauptabteilung Kader und Schulung, Abteilung Disziplinar, finden wir weitere Anhaltspunkte. In einer Zusammenfassung der Beurteilungen des Wachregiments, in dem er diente, wird berichtet, dass er leicht erregbar war, dadurch Befehle ignorierte und eine gewisse Oberflächlichkeit an den Tag legte. Während der Dienstzeit im MfS erarbeitete er sich »ein fundamentiertes politisch-operatives Wissen. Es war ein einsatzbereiter, der Partei treu ergebener Genosse, der auch gesellschaftspolitisch aktiv mitarbeitete, stets parteilich, korrekt und diszipliniert, fleißig und durch schöpferisches Mitdenken in Erscheinung trat und seine Meinung zum Ausdruck brachte.« Von seinem Wesen her sei er bei bestimmten Umwelteinflüssen leicht erregbar.

Im Prozess hatte dann der gesellschaftliche Ankläger Oberst Walter Otto, Leiter der Hauptabteilung Kader und Schulung des Ministeriums für Staatssicherheit Berlin, zwar pflichtgemäß ausgeführt, dass es zwischen der Kindheitsentwicklung und dem späteren Verhalten von

Werner Maschke keine Verbindung gäbe; der Verteidiger, Rechtsanwalt Hans-Gerhard Cheim, widersprach aber in seinem Plädoyer dieser These. Der Angeklagte wurde, so der Anwalt, in seiner Kindheit streng erzogen und geschlagen, manchmal so stark, dass er die Schule nicht besuchen konnte. »Das Ergebnis einer solchen jahrelangen Entwicklung ist ein Mensch, der immer nur auf seinen eigenen Vorteil bedacht ist«, sagte der Verteidiger. Er plädierte für eine lebenslange Freiheitsstrafe, denn Sühne und Rache »sind unserem Strafrecht fremd«.

Damit hatte er im sozialistischen Staat zwar theoretisch Recht, aber die Rache an Werner Maschke war, wie wir jetzt ganz genau wissen, gnadenlos und ebenso grausam wie der Mord, den er verübt hatte.

Wie ist es dem entsetzlich schuldig gewordenen Täter Werner Maschke ergangen, als er in der Zelle saß und auf seine Hinrichtung wartete, als er den Zusammenhang mit der Welt, mit dem Leben, mit seiner Vergangenheit und Zukunft vollständig verloren hatte, wo die Tage nur noch gelangweilt von ihm abtropften? Überlegte er sich, seiner insgesamt sehr tristen Zukunft wenigstens noch in Ansätzen Bedeutung abzugewinnen? Wie ist er in den Tod gegangen? Verängstigt, erschrocken oder irgendwie zufrieden, im Leben einmal etwas gewagt zu haben? Was wird von ihm bleiben? Wird er uns weiter verfolgen oder werden wir mit ihm abschließen können? Antworten lassen sich in den Kriminalakten nicht finden, weil der Mensch Maschke offenbar keine Rolle mehr zu spielen hatte. Daher sollten auch wir unsere Kräfte nicht mit Fragen vergeuden, auf die es keine Antworten mehr gibt, zumal wir noch mitten in der Geschichte sind. Jedenfalls bekam der tote Werner Maschke noch bis ins Jahr 1985 Wahlbenachrichtigungen an seine Weißenseer Adresse in die Falkenberger Straße geschickt, weil er nicht aus der Zentralen Meldekartei (ZMK) abgemeldet war. Es wurden entsprechende Maßnahmen bei der Volkspolizei und dem Personenstandswesen eingeleitet, heißt es bürokratisch trocken in einem Papier, damit er nunmehr endgültig von den Wahlen ausgeschlossen werden konnte. 13 Jahre nach seiner Hinrichtung klappte dann auch dieser verwaltungstechnische Vorgang.

Damit fand der Fall Maschke in der DDR sogar noch einen vorläufigen Abschluss.

Wer heute zu diesem Kriminalfall auf Spurensuche gehen will, um die Orte des Geschehens näher an sich heranzulassen und die tragischen Ereignisse besser verstehen zu können, sollte sich, dies unser Rat, mit einem Besuch in Bansin begnügen.

Auf der einen Seite wird der Spurensucher enttäuscht sein, weil das ehemalige FDGB-Heim »Josef Orlopp«, in dem alles seinen Anfang nahm, bereits 1988 abgerissen worden und nicht mehr zu besichtigen ist. Es befand sich an der Strandpromenade direkt gegenüber der »Konzertmuschel«, die heute noch steht. Dort, wo das Heim seinen angestammten Platz hatte, prangt eine brache Fläche, und in den Diskussionen um eine neue Bebauung sprechen die Einheimischen in alter Tradition von der »Orlopp-Fläche«. Wir, die Kenner der Materie, wissen jetzt: Es war irgendwie auch die »Maschke-Fläche«.

Das »Haus Teltow« dagegen, in dem die Akteure untergebracht waren, existiert in der alten Form nicht mehr und wurde zum »Panorama-Hotel« umgebaut, und zwar unter der Anschrift Strandpromenade 35. Beide Objekte waren also nicht sehr weit voneinander entfernt und ihre Orte können leicht aufgefunden werden.

Man braucht in seiner Erinnerungsarbeit, am besten bei strahlendem Sonnenschein (damit der Kriminalfall nicht so düster daherkommt), nur ein wenig auf der Strandpromenade zu bummeln und daran zu denken, dass vor über vierzig Jahren Werner Maschke mit seinem Sohn, vielleicht Arm in Arm mit seiner neuen Geliebten, zwei Wochen lang mehrfach täglich, und wir dürfen annehmen glücklich, diesen Weg gegangen ist.

Auf der anderen Seite lehren uns die Ortsbesichtigungen in Bansin und die tragische Geschichte von Werner Maschke, um Worte des Schriftstellers Juri Trifonow aufzunehmen, »dass das Leben ein System ist, in dem alles auf rätselhafte Weise und nach einem höheren Plan ineinandergreift, nichts existiert abgetrennt, in Fetzen, alles zieht sich weiter und immer weiter, verflicht sich miteinander, ohne je ganz zu verschwinden«.

Sie lehren auch, dass die Bilder dieser faszinierenden Landschaft an der See, die man nach einem Bansin-Aufenthalt im Fachgebiet Historische Kriminalistik ein Leben lang mit sich herumtragen wird, an ganz anderen Orten und in ganz anderen Zusammenhängen wieder aufbrechen können, weil wir jetzt wissen, was dort geschah und welche Geschehnisse in Gang gesetzt wurden.

Und wir verstehen vielleicht besser, warum es immer verschiedene Möglichkeiten gibt, von A nach B zu gelangen. Welche Richtung mit welchen Folgen eingeschlagen wird, bleibt in jedem Fall offen.

Tod eines Funktionärs

Die Internationale Vereinigung der Lehrergewerkschaften im Weltgewerkschaftsbund (WGB) hatte seit 1978 ihren Sitz in der Wilhelm-Wolff-Straße 21 im Stadtbezirk Pankow, und zwar im Ortsteil Niederschönhausen, worüber auch das Fernsprechbuch Berlin, Hauptstadt der DDR, auf der Seite 206 Auskunft gibt:

1080 Leipziger Str 26 . . . . . . 2 29 14 00
Internationale Vereinigung d. Lehrgewerkschaften im WGB
1110 W-Wolff-Str 21 . . . . . + 4 80 05 91
Internationales Handelszentrum GmbH
1086 Friedrichstr
Vermittlungs-/Auskunftsstelle 2 09 60
Internationales Patentbüro Berlin
Büro zur Vertretung in Patent- Muster- u. Zeichenangelegenheiten
1020 Wallstr 23/24 . . . . . . + 2 00 03 16
Zweigst. 1130 Frankfurter Allee 286 . . . . . . 5 25 12 62 5 25 11 29
Internationales Pressezentrum
1080 Mohrenstr 36-37 . . . . + 2 00 03 41
Interport Industrievertretungen
1055 Straßburger Str 40 . . . . . 2 82 71 96
Interpret Übersetzungsdienst (VOB)
1086 Mittelstr 2/4 . . . . + 2 00 04 21
Intertechna GmbH
Beratungs- u. Lizensbüro für Datenverarbeitung u. Büromaschinen
1034 Matternstr 6/7 . . . . 4 37 29 27
1123 Bahnhofstr 1 . . . . 3 49 38 09
Intertext-Fremdsprachendienst d. DDR
s. Ministerrat d. DDR
Interwerbung GmbH Gesellschaft f. Werbung u. Auslandsmessen d. DDR
BT Karlshorst 1157 H-Duncker-Str 89

Die Abkürzung dieser Vereinigung war FISE, was sich aus ihrem französischen Original-Namen ableitete: Fédération Internationale Syndicale de l'Enseignement. Im Berliner Telefonbuch findet man sogar unter dem Eintrag »Fise« einen entsprechenden Verweis auf die Vereinigung der Lehrergewerkschaften.

In der FISE arbeiteten drei Sekretäre. Einer kam aus Chile, ein anderer aus der Sowjetunion, und als Sekretär aus der DDR kam Gerhard Herdegen in das Team, dem auch einige Sprachmittlerinnen angehörten und das von der Gewerkschaft Unterricht und Erziehung der DDR unterstützt wurde. Finanziell wurde die FISE vom Freien Deutschen Gewerkschaftsbund (FDGB) mit abgesichert. Sie gab eine eigene Zeitung heraus mit dem Titel *Lehrer der Welt*.

Unsere Geschichte begann damit, dass am 1. April 1987 der schon genannte Gerhard Herdegen ins FISE-Team kam. Er war 1972 Absolvent der Parteihochschule »Karl Marx« beim ZK der SED und arbeitete zuvor 15 Jahre als Hauptabteilungsleiter für internationale Verbindungen im Ministerium für Volksbildung der DDR. Man kann davon ausgehen, dass er ein Vertrauter der Ministerin Margot Honecker gewesen war. Die Gründe für sein Karriereende im Volksbildungsministerium liegen hinter dichten Nebelwänden. Ein Aufstieg war das jedenfalls nicht.

Als Gerhard Herdegen zur FISE kam, stand er im 53. Lebensjahr. Er war verheiratet, aber seine Frau lebte nicht mehr mit ihm in der Lichtenberger Wohnung. Irgendwie war er ein Frauentyp. Sehr groß, charmant, schlank, elegant, männlich. Immer sehr offiziell gekleidet mit Anzug und Binder. Viele, die mit ihm zu tun hatten, empfanden sein Auftreten ein wenig abgehoben und überheblich, unnahbar und distanziert. Er war eben wer in der Hierarchie der Volksbildung der DDR.

Unter Kolleginnen und Kollegen galt er als hochintelligent, der Englisch, Spanisch und Französisch beherrschte und der ein ausgezeichneter Didaktiker war. Gerhard Herdegen war verantwortlich für Weiterbildungen, wenn die Pädagogen, die im Auftrag der DDR im Ausland waren, zum Beispiel an Botschaftsschulen unterrichteten, wieder in ihr Heimatland zurückkehrten. Er führte selbst engagiert und auf hohem Niveau Seminare durch; vor allen Dingen die Teilnehmerinnen schwärmten von ihm und seiner Art, Wissen und Erfahrungen zu vermitteln.

Im Mai 1987 fand eine Tagung des Administrativkomitees der FISE in Athen statt, an der Gerhard Herdegen teilgenommen, auf der er aber nicht gesprochen hatte. In der Regel tagte das Komitee einmal im Jahr. Thematisch ging es bei dieser Tagung um die Verantwortung der Lehrerschaft für die Friedenserziehung der jungen Generation. In Athen fiel er besonders dadurch auf, dass er den griechischen Sirtaki leidenschaftlich tanzte, den wir aus dem Film *Alexis Sorbas* aus dem Jahr 1964 kennen und der als erfundene Tradition gilt.

Als DDR-Sekretär der FISE stand ihm, und das gehört ganz wesentlich zu unserem Fall, ein Pkw Typ »Lada 21013« in hellblauer Farbe zur Verfügung – mit einem blauen Diplomatenkennzeichen, welches mit QD begann.

Gerhard Herdegen befand sich vom 3. bis zum 10. August 1987 planmäßig im Urlaub. Ab dem 11. August wollte er mit seinem Pkw eine Dienstreise in die ČSSR und die Volksrepublik Ungarn antreten, wofür ihm angeblich auch sein Dienstpass zur Verfügung gestellt wurde. Die Ausreise sollte über die Grenzübergangsstelle Schmilka erfolgen.

So der Plan, aber wie so oft im Leben machte das Leben selbst einen Strich durch dieses Vorhaben.

Am 10. August 1987, es war ein Montag, wurde der eben beschriebene Dienst-Pkw mit Diplomatenkennzeichen gegen 6 Uhr in Lehnitz, Kreis Oranienburg, am S-Bahndamm im Wald unverschlossen aufgefunden, genau im Adlerweg 17. Der Abstellort lag unmittelbar neben den S-Bahngleisen und war nur fünf Minuten Fußweg vom S-Bahnhof Lehnitz entfernt. Das Auto war kurzgeschlossen worden, d. h., einen Autoschlüssel fand man nicht. Im Handschuhfach des Wagens befanden sich jedoch der dazugehörige Kfz-Zulassungsschein, die Kfz-Steuer- und Versicherungskarte sowie ein Dokument über Abgasüberprüfungen. Auf dem Beifahrersitz lagen Zigarettenreste und ein Feuerzeug. Der Abstellort war von der Ortsverbindungsstraße Lehnitz-Borgsdorf nicht einzusehen.

Der Pkw »Lada« von Gerhard Herdegen wurde ordnungsgemäß »sichergestellt« und verschlossen, aber nicht bewacht. Später gab es ein Gerangel, wer für die kriminaltechnische Untersuchung des »Lada« zuständig ist, denn zunächst bestand ja keine Notwendigkeit dazu. Man wusste ja gar nicht, ob eine Straftat, und wenn ja, welche Straftat vorgelegen habe. Man hatte ein Auto im Wald gefunden, und offensichtlich übergab man es einem Kollegen der FISE, denn dort gehörte das Auto auch hin.

Der stellvertretende Leiter der Kripo aus dem zuständigen Oranienburg vertrat die Meinung, dass der Wagen am 10. August 1987 gegen 15 Uhr der FISE übergeben wurde, und die Internationale Vereinigung der Lehrergewerkschaften hatte ihn übernommen. Die Kripo in Oranienburg hatte ja gar keine Veranlassung, eine kriminaltechnische Untersuchung vorzunehmen. Und wenn der »Lada« nicht abtransportiert wurde, ist das nicht mehr die Angelegenheit der Oranienburger Kollegen. Es wäre alles von der Kriminalpolizei in Lichtenberg zu klären, da Gerhard Herdegen dort in der Hauptstadt der DDR wohne. Punkt.

Und nun beginnt eine abenteuerliche Geschichte, die, bei aller Tragik des Falles, mehr in das Kuriositätenkabinett der Polizeiarbeit fällt. Als der Pkw am 10. August gegen 17 Uhr dann doch im Auftrag der FISE verladen werden sollte, war das Auto spurlos verschwunden.

Jemand hatte den »Lada« nochmals unberechtigt benutzt. Ein anderer Unbekannter? Dieselbe Person, die das Auto zuerst dort abgestellt hatte? Um diese Fragen beantworten zu können, musste natürlich der »Lada« erst einmal wiedergefunden werden.

Am 11. August, an einem Dienstag, machte sich der Diplom-Kriminalist Bernd Bories, der stellvertretende Leiter der MUK II im Präsidium der Volkspolizei Berlin, mit dem MUK-Kraftfahrer Dieter Krüger nach Borgsdorf/Lehnitz auf, um sich den Ort des Geschehens näher anzusehen, denn zwischenzeitlich war die Leiche von Gerhard Herdegen gefunden worden, so dass sinnfällig wurde, dass das dort gefundene Auto mit dieser schweren Straftat in Verbindung stehen musste. Hatte der Mörder den »Lada« gefahren und dort abgestellt? Hatte der Mörder das Auto noch einmal umgesetzt?

Um zum Ort des Geschehens zu gelangen, marschierten beide durch ein kleines Waldgebiet, vielleicht 4.000

oder 5.000 Quadratmeter groß. Dieter Krüger war ein großer Pilzfreund und fand mit freudigen Kommentaren diesen oder jenen guten Speisepilz. Nur das Auto fanden sie am Ende ihrer Wegstrecke natürlich nicht.

Das gelang aber mehr oder weniger zufällig am gleichen Tage gegen 18 Uhr. Auf einem Weg in einem Waldgebiet bei Borgsdorf wurde das Auto aufgefunden. Der zweite Fundort lag ungefähr 3 km vom ersten entfernt. Das fahrerseitige Ausstellfenster war gewaltsam geöffnet und das Zündschloss teilweise demontiert worden, so dass die Lenkradsperre nicht mehr funktionstüchtig war. Die Kabel waren vom Zündschloss entfernt. Im Aschenbecher und im Fahrgastraum des Pkw wurden immer noch mehrere Zigarettenreste aufgefunden, an denen später die Blutgruppeneigenschaft A nachgewiesen werden konnte.

Nach Sicherung des Fundortes und Einsatz eines Fährtenhundes, der lediglich in Richtung S-Bahnhof Borgsdorf verwies, erfolgte der Transport des Pkw nach Berlin, wo man ihn am 12. August kriminaltechnisch untersuchte. Dabei wurden verschiedene Spuren gesichert (unter anderem Fingerspuren, die in der Fachsprache daktyloskopische Spuren heißen).

Erste Überprüfungen hatten ergeben, dass Gerhard Herdegen am Wochenende von Hausbewohnern noch bei der Pflege des Pkw gesehen worden war. Am Sonntag wäre er dann weggefahren. Das behauptete jedenfalls ein Zeuge.

Erklärungen, warum er sich in Lehnitz-Oranienburg aufgehalten haben könnte, lagen nicht vor. Aber es gab schon frühzeitig Informationen, dass seine ehelichen Verhältnisse alles andere als gut zu bezeichnen waren.

Anhaltspunkte über andere Konfliktsituationen bzw. Depressionen, was auf einen Selbstmord hätte schließen lassen, gab es aber nicht.

Bei der durch die VP-Inspektion Berlin-Lichtenberg gemeinsam mit Mitarbeitern der Hauptabteilung XX des MfS, verantwortlich auch für den Bereich der Schulen, durchgeführten Besichtigung wurde am 11. August 1987 gegen 17 Uhr Gerhard Herdegen in seiner Wohnung in der Harnackstraße, 2. Etage, Wohnung 02.01, südlich der Frankfurter Allee und nicht weit entfernt vom S- und Fernbahnhof Lichtenberg, tot aufgefunden.

Zu der Wohngegend, in der sich die Tatwohnung befand, ist zu sagen, dass die Hauseingänge alle ziemlich gleich aussahen:

Und die Grundrisse der Wohnungen übrigens auch:

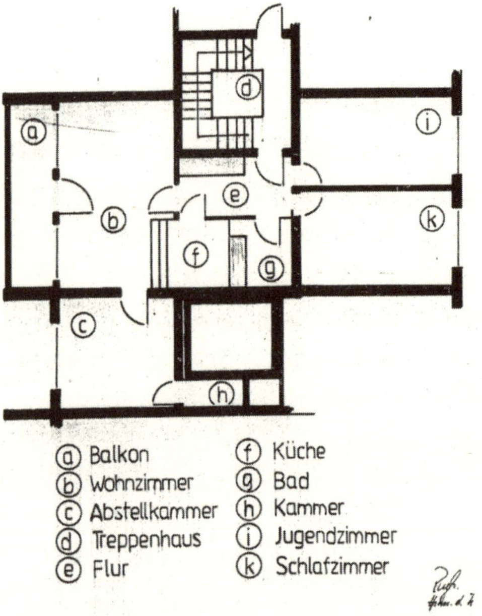

Alles deutete auf einen Mord hin. Als Tatzeit wurde zunächst der 9. August 1987, 15 bis 22 Uhr, angenommen, also der Sonntag.

Was jetzt folgte, war formal gut durchorganisiert. Es rückten Scharen von Kriminalisten an: Eine Einsatzgruppe der Kripo aus Lichtenberg, die Morduntersuchungskommission (MUK II – der Bereitschaftsdienst Oberleutnant der K Frank Donat traf schon um 18 Uhr dort ein), die Diensthabende Gruppe der Kriminalpolizei (DHG), der stellvertretende Leiter Untersuchung des Präsidiums der Volkspolizei Berlin Major der K Klaus Schlundt, der Leitungsdienst K-PdVP OSL der K Berndt Marmulla, der Leiter der Bereitschaftsgruppe K der VPI Lichtenberg und der Staatsanwalt Bröker von der Generalstaatsanwaltschaft Berlin. Auch die Schnelle Medizinische Hilfe (SMH) und die Mitarbeiter des gerichtsmedizinischen Instituts der Humboldt-Universität zu Berlin Prof. Dr. Geserick und Dr. Kämpfe fanden sich in der Tatwohnung ein. Die Bearbeitung übernahm dann die Berliner MUK II unter der Leitung des Diplom-Kriminalisten Thomas Sindermann, der ebenfalls sofort am Einsatzort eintraf.

Die Annahme, dass der Mord in der Zeit von 17 bis ca. 22 Uhr begangen sein musste, basierte auf der Aussage eines Zeugen, der am Tattag gegen 22 Uhr gesehen hatte, wie eine ihm unbekannte männliche Person vermutlich mit einem Koffer das Wohnhaus verließ und mit einem Pkw von der in der Nähe befindlichen Parkfläche in Richtung Frankfurter Allee davonfuhr. Der Wagen schien defekt zu sein, so der Zeuge, oder der Fahrer war mit dem Auto nicht sehr vertraut, denn der »Lada« fuhr reichlich ruckartig an, heulte mehrfach auf, wobei der Motor zwischendurch auch ausging. Diese Person sei zielgerichtet auf das Fahrzeug zugegangen und hatte es mit einem Schlüssel ordnungsgemäß geöffnet.

Diese unbekannte männliche Person wurde durch den Zeugen wie folgt beschrieben: ca. 180 cm groß, scheinbares Alter 35-40 Jahre, schlanke Gestalt, dunkle, kurze Haare. Sie trug dunkle Oberbekleidung und dunkle Schuhe und führte eine dunkle Reisetasche oder einen leichten Koffer mit.

In dem Papier mit dem Titel *Aspekte einer Täterhypothese zum Tötungsverbrechen an [Gerhard Herdegen] am 9.8.1987 in 1130 Berlin*, erarbeitet durch die Hauptabteilung Untersuchung des MfS, werden die Ergebnisse der Tatortarbeit, der gerichtsmedizinischen Obduktion der Leiche im Institut für gerichtliche Medizin der Humboldt-Universität zu Berlin und die kriminalistischen Maßnahmen zur Aufklärung des Verbrechens und zur Festnahme des Mörders überzeugend dargestellt.

Auch zur Persönlichkeit des Opfers gab es interessante Feststellungen. In seiner Wohnung lebten noch sein Sohn und dessen Frau. Seit dem 2. August 1987 befanden sie sich auf verschiedenen Zeltplätzen in der Volksrepublik Bulgarien im Urlaub, mit der Rückkehr war erst Ende August zu rechnen. Darüber hinaus hatte die seit längerer Zeit getrenntlebende, aber nicht geschiedene Ehefrau Zutritt zur Wohnung. Sie wohnte seit mehr als einem Jahr bei ihrer Mutter.

Die Wohnungstür der 4-Raum-Wohnung war ordnungsgemäß verschlossen vorgefunden worden, auch die Schlafzimmertür war, warum auch immer, verschlossen. Im Verlaufe der Untersuchung war dann bekannt geworden, dass die Tür zum Schlafzimmer von den Wohnungsnutzern nie verschlossen, sondern nur geschlossen wurde. Was war nur in dem Schlafzimmer passiert?

Den Zustand der gesamten Wohnung musste man als unaufgeräumt bezeichnen. Neben dem im Wohnzimmer befindlichen Couchtisch befanden sich mehrere leere Rotweinflaschen, mehrere leere Bierflaschen (0,33 l) sowie auf einer dafür vorgesehenen Abstellfläche unter dem Tisch eine ca. halbvolle Flasche Weinbrand der Marke »Privat«, 0,7 l. Es deutete alles darauf hin, dass Gerhard Herdegen einen Gast oder mehrere Gäste hatte.

Im Tatortbefundbericht vom 25. August 1987, erarbeitet von Oberleutnant der K Frank Donat, liest sich das so:

»Links neben dem Tisch, also zur Zimmermitte liegt auf dem Fußboden parallel zum Tisch ein leeres Weinglas. Bei näherer Betrachtung lassen sich im Weinglas keine Rückstände erkennen. Im weiteren Verlauf steht auf der Auslegware ein weiteres Weinglas, wo rötliche angetrocknete Rückstände erkennbar sind. In diesem Bereich liegt eine kleine Bierflasche, Diabetiker-Pils, daneben ein Flaschenöffner mit rotem Holzstiel. Eine weitere Flasche Diabetiker-Pils liegt in Richtung Fensterfront. Weiterhin stehen auf dem Fußboden insgesamt 3 kleine Bierflaschen und zwei geleerte Weinflaschen.«

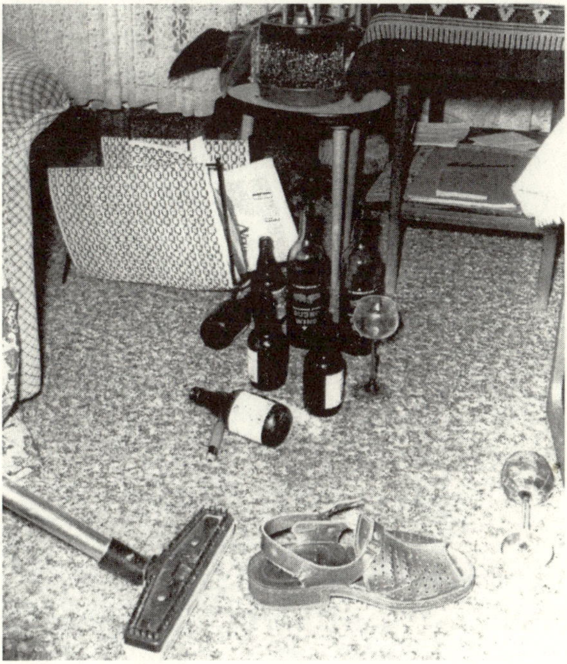

Darüber hinaus wurden auf dem Fußboden in unmittelbarer Nähe der Flasche zwei geleerte Weingläser sowie auf dem Couchtisch ein weiteres, teilweise mit Weinbrand der Sorte »Privat« gefülltes Weinglas festgestellt. In der Wohnung des Geschädigten sicherte man auch Fingerabdrücke, die bisher keinem Berechtigten zugeordnet werden konnten. Des Weiteren wurden aus einem auf dem Couchtisch im Wohnzimmer stehenden Aschenbecher mehrere Zigarettenreste gesichert, an denen die Blutgruppeneigenschaften A bzw. AB nachgewiesen wurden.

Von der Leiche sicherten die Kriminalisten dunkelgraue, braun-grüne und blaue (indigogefärbte) Baumwollfasern, die bisher nicht dem Tatortmilieu entsprachen.

Am interessantesten und erfolgversprechendsten war aber die Tatsache, dass aus der Wohnung des Geschädigten »mehrere für den Täter frei zugängliche ton- und fototechnische Geräte, Taschenrechner und ein brauner Aktenkoffer mit Zahlenschlössern entwendet« wurden, was zu gut Deutsch heißt, diese ganzen Gegenstände standen in der Wohnung herum und brauchten nur eingepackt und mitgenommen zu werden.

Denn Gerhard Herdegen war aufgrund seiner Funktion im Ministerium für Volksbildung Reisekader gewesen, er konnte dienstlich auch in das westliche Ausland reisen. Und von diesen Reisen brachte er regelmäßig technische Geräte mit, die es mit dieser Qualität und mit diesem Standard eben in der DDR nicht zu kaufen gab.

Die Deutsche Volkspolizei gab ein Fahndungsblatt heraus:

Wer kann Hinweise geben?

Im Zusammenhang mit einem Tötungsverbrechen im Stadtbezirk Berlin-Lichtenberg wurden aus der Wohnung des Geschädigten folgende Gegenstände entwendet:

1. Radio-Kassettenrecorder Mono "Sharp", Typ GF 1704 H, Nr. 70 409 754

2. Stereo-Radio-Kassettenrecorder "Sharp", Typ GF 9090 H, Nr. 80 628 206

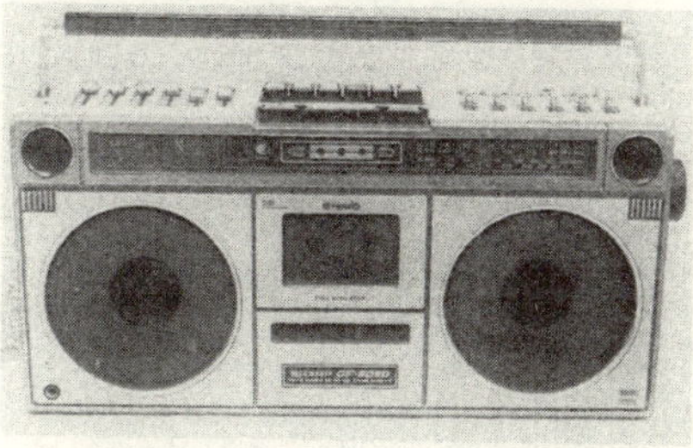

3. Diktiergerät "Sony", Größe etwa 15 x 9 x 3 cm, schwarzes Gehäuse, für Normalkassette
4. Universalnetzteil UN 6A T 40/e, "Hertig & Helling", schwarzes Gehäuse
5. kleines Kofferradio "Mitsubishi", Größe etwa 18 x 10 x 4 cm
6. Fotoapparat, Modell K 16, Nr. 019 670

2

Durch die Obduktion wurde später dann eindeutig festgestellt, dass an Gerhard Herdegen ein Tötungsverbrechen verübt worden ist. Das Gutachten erstatteten am 11. und 12. August 1987 Prof. Dr. sc. med. G. Geserick und Dipl.-Med. U. Kämpfe. Beginn der Obduktion war 22.30 Uhr.

Die Leiche wurde auf dem Fußboden des Schlafzimmers in Rückenlage aufgefunden. Sie war lediglich mit einem braunen Herrenslip bekleidet. Dazu heißt es in der Beschreibung: »Als einziges Bekleidungsstück findet sich an der Leiche eine braune Badehose von regelrechtem Sitz. Der Hosenvorderteil und der Schrittbereich fleckig verschmutzt. Die linke Seitennaht ist bis auf die oberen und unteren Bundteile aufgerissen.«

Bei der gerichtsmedizinischen Obduktion wurden massive punktförmige Unterblutungen beider Augenbindehäute festgestellt. Die Mundhöhle der Leiche wurde knebelartig durch eine blaue Silastiksocke ausgefüllt. Es fanden sich Zeichen massiver Halskompressionen sowie mehrerer Hautschürfungen und Hautverfärbungen an der Halsvorderseite. Die Haut war im Halsvorderseitenbereich massiv unterblutet. Darüber hinaus wurden ebenfalls massive Unterblutungen sämtlicher Halsmuskelschichten und -weichteile festgestellt. Der erste Brustwirbelkörper war gebrochen.

Im gerichtsmedizinischen Gutachten liest sich das so:

»VIII. Todesursache: Stumpfe Gewalteinwirkung auf den Hals mit Zertrümmerung von Halsweichteilen.

IX. Es handelt sich um einen nicht-natürlichen Tod.

X. Die bei der Obduktion erhobenen Befunde lassen

keinen Zweifel daran, dass der Tod des Betroffenen durch massive stumpfe Gewalteinwirkung auf den Hals eingetreten ist, wobei die umfangreichen Zerstörungen am ehesten auf Fußtritte oder Schläge mit stumpfen Gegenständen zurückzuführen sind. Auch ist eine zusätzliche vor bzw. nach der stumpfen Gewalteinwirkung stattgefundene Halskompression (zum Beispiel Würgen oder Drosseln) nicht auszuschließen. Weiterhin ist ein Knebel in die Mundhöhle eingeführt worden, was am ehesten nach der Gewalteinwirkung erfolgt ist.

Von der Auffindungssituation und den Gesamtbefunden der Obduktion ergibt sich kein Anhaltspunkt für eigene Hand, vielmehr handelt es sich ganz offensichtlich um einen Tod durch fremde Hand. Die gefundenen massiven Weichteileinblutungen und Unterblutungen des Brusthöhlenmittelfelles, die größere Menge Blut in der linken Brusthöhle, die Zeichen der Speisebreieinatmung sowie die starke Füllung der Harnblase sprechen für eine gewisse Überlebenszeit des Betroffenen.

Außer den Zeichen der stumpfen Gewalteinwirkung auf den Hals mit massiver Weichteilunterblutung, Zertrümmerung von Kehlkopfskelett und Zungenbein, der Schilddrüse, Einrissen der Halsarteriengefäßwände, Bruch des 1. Brustwirbelkörpers und Stauungsblutungen im Kopfbereich fanden sich frischer imponierende Unterblutungen des Rückens, die am ehesten als Folge des Liegens auf dem Rücken während der Gewalteinwirkung zu deuten sind (›Widerlager‹), aber auch als stumpfe direkte Gewalteinwirkung, etwa Stoßen oder Treten, interpretiert werden könnten.

Die vorwiegend die Körpervorderseite betreffenden Unterblutungen imponieren überwiegend als ältere.

Die in der Bauchregion vorgefundenen Unterblutungen im Bereich der Leberunterkante sowie des Dickdarmgekröses können als Folge stumpfer Gewalteinwirkung auf diese Region angesehen werden.

Die hochgradige alkoholische Beeinflussung zum Zeitpunkt des Todeseintritts lässt eine gewisse Wehrlosigkeit des Opfers vermuten, die eine Überwältigung desselben erleichtert haben dürfte und das Fehlen wesentlicher Abwehrverletzungen erklärt.

… XI. Die Erhebungen zur Todeszeit sprechen für einen größeren Zeitraum zwischen Todeseintritt und Auffindung. Es ist eine Liegezeit von etwa 2 Tagen (bezogen auf die ersten gerichtsärztlichen Untersuchungen) anzunehmen. Nähere (etwa stundenmäßige) Eingrenzungen sind nicht mehr möglich.«

Der Tod des Gerhard Herdegen war folglich in den Abend- bzw. Nachtstunden des 9. August 1987 eingetreten. Eine weitere Eingrenzung der Todeszeit konnte aus gerichtsmedizinischer Sicht eben nicht vorgenommen werden.

Die quantitative Blutalkoholbestimmung ergab beim Geschädigten zum Zeitpunkt des Todeseintritts eine hochgradige alkoholische Beeinflussung (Blut: 3,3 mg/g; Urin: 4,4 mg/g).

Für den weiteren Fortgang der Ermittlungen und für das Spurenverständnis ist es noch wichtig zu wissen, dass das Opfer Sekretor war und die Blutgruppe B hatte. Am Penis der Leiche konnte Sperma nachgewiesen werden.

Denn die ABO-Blutgruppeneigenschaften können auch im Speichel, im Sperma, im Magensaft und im Urin nachgewiesen werden, aber nur bei den sogenannten Ausscheidern oder Sekretoren. Man geht davon aus, dass ungefähr 80 Prozent aller Menschen Sekretoren und nur 20 Prozent Nichtsekretoren sind. Gerhard Herdegen war so ein Sekretor, bei dem die Blutgruppe B festgestellt werden konnte. Sollten folglich in Speichelspuren (zum Beispiel an Zigarettenkippen) oder am Sperma (zum Beispiel am Penis des Opfers) eine andere Blutgruppe bestimmt werden, was natürlich wieder einen Ausscheider voraussetzen würde, wäre der eindeutige Schluss, dass diese Spuren nicht vom Opfer stammen können.

An Zigarettenkippen, dies Geheimnis soll vorab gelüftet werden, konnte nachgewiesen werden, dass der Täter auch Sekretor war und die Blutgruppe A oder AB besaß …

Die Ermittlungen liefen auf Hochtouren. Gerhard Herdegen wurde letztmalig am Sonntag, dem 9. August 1987, zwischen 18 und 19 Uhr in angetrunkenem Zustand in der Gaststätte »Zum Braumeister« in 1130 Berlin, Coppistraße 10, gesehen. Zur Bekleidung an diesem Abend war bekannt geworden, dass er schwarze Freizeithosen mit mehreren Reißverschlüssen und aufgesetzten Taschen mit Druckknöpfen trug.

Die Eheverhältnisse waren seit mehreren Jahren gestört, wir schrieben es schon. Die Gründe dafür waren vielfältig, lagen aber vor allem in den unterschiedlichen Vorstellungen und Erwartungen vom Zusammenleben, so dass es permanente Zerwürfnisse gab.

Darüber hinaus fiel Gerhard Herdegen in den letzten Jahren sowohl im Ministerium für Volksbildung, in der FISE und auch im Freizeitbereich durch übermäßigen Alkoholgenuß auf. Dazu ist bekannt, dass er des Öfteren Gaststätten aufsuchte, dort unterschiedliche Mengen alkoholischer Getränke zu sich nahm und im Anschluss daran meist noch zwei Flaschen Rotwein kaufte. Diese trank er noch am gleichen Abend in seiner Wohnung aus. In seinem Freizeitbereich galt er als Einzelgänger.

Es wurde weiterhin bekannt, dass er in den Gaststätten »Zum Tender« im Bahnhof Lichtenberg, »Petit fleur«, »Braumeister« und »Café Adrett« in Lichtenberg sowie seit 1986 in der Gaststätte »Alextreff« am Alexanderplatz Stammgast war. Nach Aussagen des Personals kam und ging er stets allein.

Es passierte auch, dass Gerhard Herdegen oft unter der Vorgabe, nicht schlafen zu können, in den späten Abendstunden allein die Wohnung verließ und erst in den frühen Morgenstunden zurückkehrte. Nach diesen nächtlichen Ausflügen war seine Bekleidung verschmutzt, sein Körper wies Hämatome und Kratzer auf.

In seiner Wohnung konnte umfangreiches Adressenmaterial sichergestellt werden. Dadurch und durch Zeugen konnte letztlich nachgewiesen werden, dass er in seiner Wohnung intime Beziehungen zu mehreren homosexuellen Partnern unterhielt. Die Kontaktaufnahme zu diesen Personen erfolgte in einem Fall in einer Gaststätte sowie in weiteren Fällen an öffentlichen Toiletten im Volkspark Friedrichshain. Darüber hinaus fanden sich in der Wohnung des Geschädigten neben verschiedenen pornografischen Heften auch mehrere Gegenstände zur sexuellen Manipulation, wie ein Gummipenis und eine Gummivagina.

Aus diesem umfangreichen Sachverhalt sowie aus den bisher erlangten Ermittlungsergebnissen wurden, auch unter Berücksichtigung der vermutlichen Täterpersönlichkeit, Täterhypothesen aufgestellt. Man ging davon aus, dass aus der Wohnung tontechnische Geräte und Bargeld entwendet wurden und dass der Pkw des Geschädigten vom Mörder benutzt wurde, um die Geräte und Gegenstände aus der Wohnung von Gerhard Herdegen wegzuschaffen.

Die Versionen wurden wie folgt formuliert:

1. Bei dem Täter handelt es sich um eine männliche Person, deren Alter am ehesten zwischen 30 und 50 Jahren liegt. Sein Auftreten wirkt zielsicher und selbstbewusst. Er trinkt Alkohol und ist Raucher. Der Täter ist Sekretor und besitzt die Blutgruppeneigenschaft A oder AB.
2. Beim Täter handelt es sich mit hoher Wahrscheinlichkeit um eine Beziehungsperson des Gerhard Herdegen, die sowohl die Familienverhältnisse des Geschädigten, dessen Lebensgewohnheiten, sein häusliches Milieu als auch seine homosexuellen Neigungen kannte.
3. Es kann davon ausgegangen werden, dass der Täter selbst homosexuell veranlagt ist, wobei eine Bisexualität nicht ausgeschlossen werden kann.

4. Das Wissen über die Persönlichkeit des Opfers und dessen Umfeld kann der Täter sowohl aus einer längeren Bekanntschaft mit dem Geschädigten als auch bei vorhandener Vertrauensbasis durch intensive Gespräche mit diesem in einem kurzen Zeitraum erlangt haben.
5. Der Täter suchte die Wohnung des Opfers entweder allein oder in Begleitung des Geschädigten auf, um mit diesem homosexuelle Beziehungen aufzunehmen. In der Wohnung kam es zu homosexuellen Kontakten zwischen dem Täter und dem Geschädigten.
6. Es ist mit Wahrscheinlichkeit davon auszugehen, dass sich der Entschluss zur Tötung beim Täter aus der Situation ergeben hat. Hierbei kann es sich um eine effektive Entladungsreaktion handeln, die ihren Ursprung sowohl in sexuellen Forderungen des Geschädigten (zum Beispiel vom Täter nicht gewollter Analverkehr oder andere sexuelle Handlungen) als auch durch eine vom Täter empfundene Bedrohung durch das spätere Opfer hat. Diese sexuellen Forderungen wurden zweifellos durch den zunehmenden Alkoholisierungsgrad des Geschädigten beeinflusst. Die nachgewiesene hohe Alkoholkonzentration hat die Abwehrreaktion des Gerhard Herdegen während der Tatdurchführung erheblich beeinträchtigt.
7. Der Täter entwendete nach der Vollendung der Tat mehrere für ihn in der Wohnung des Geschädigten sichtbare Gegenstände mit dem Ziel, ein anderes Motiv vorzutäuschen. Eine bestimmte Bereicherungsabsicht des Täters ist bei dieser Handlung nicht auszuschließen.

8. Die Umstände des Verlassens der Wohnung durch den Täter sowie der Abtransport des Diebesgutes lassen den Schluss zu, dass er eine Störung durch Mitbewohner der Wohnung oder andere Personen nicht zu befürchten hatte.
9. Dem Täter war die Existenz des vor der Haustür stehenden, personengebundenen Pkw des Geschädigten vom Typ »Lada« mit dem blauen polizeilichen Sonderkennzeichen bekannt.
10. Der Täter benutzte den Pkw des Geschädigten, um diesen aus dem Wahrnehmbarkeitsbereich vor dem Wohnhaus zu entfernen (mögliche Kenntnis des Täters von der bevorstehenden Dienstreise von Gerhard Herdegen in das sozialistische Ausland). Die Benutzung des Pkw durch den Täter schließt einen für ihn leichten Abtransport des Diebesgutes ein.
11. Aus der Art und Weise des Anfahrens kann geschlussfolgert werden, dass der Täter zwar Pkw fahren kann, jedoch in Hinsicht auf das Fahren eines »Lada« nur über unzureichende Fähigkeiten und Fertigkeiten verfügt oder unter Einfluss von Alkohol stand.
12. Aus den konkreten örtlichen Bedingungen des ersten Auffindungsortes des Pkw »Lada« in 1407 Lehnitz, Adlerweg 17, kann geschlussfolgert werden, dass der Täter über entsprechende Ortskenntnisse im Bereich Lehnitz verfügt. Diese Ortskenntnisse ergeben sich aus:
    a) Der Täter ist im Bereich Lehnitz wohnhaft.
    b) Der Täter besitzt im Bereich Lehnitz ein Wochenendgrundstück.

c) Der Täter hatte oder hat im Arbeits- oder Freizeitbereich Verbindungen zu im Bereich Lehnitz wohnhaften Personen.

d) Gerhard Herdegen besitzt Beziehungen nach Lehnitz und ist dadurch dem Täter bekannt.

Die Jagd hatte also begonnen, wobei die entwendeten technischen Geräte und Gegenstände einen schnellen Erfolg versprachen, wenn sie zum Kauf angeboten würden. Folglich konzentrierten sich die Ermittler auf Verkaufsannoncen und auf An- und Verkauf-Geschäfte, die es in der DDR auch gab.

Vorbestrafte wurden gezielt unter die Lupe genommen, so ein 22-jähriger Bürger aus Weißensee, der sich aus finanziellen Gründen gezwungen sah, seinen Fotoapparat Typ K 16, den er Anfang August 1987 erst im An- und Verkauf Prenzlauer Berg, Prenzlauer Allee 158, gekauft hatte, am 10. September 1987 wieder dort zu verkaufen. Er konnte das alles anhand der Rechnungen belegen, der Fotoapparat hatte auch nicht die Nummer des gesuchten, und ein Alibi konnte er ebenfalls liefern. Der Kriminalobermeister Prziwara vermerkte noch in seinem Bericht vom 18. September 1987: »Weder in der Wohnung noch im Keller, ebenfalls nicht im Umkleideschrank auf seiner Arbeitsstelle, konnten Gegenstände lt. Fahndungsliste zum Tötungsverbrechen oder die auf andere Straftaten hindeuten, festgestellt werden.«

Nun war man so schlau als wie zuvor. In den Kriminalakten finden sich viele ähnliche Ermittlungsansätze. Ein Student verkaufte einen »Sharp« Cassetten Tape Recorder, der schon vom Gerätetyp nicht der gesuchte aus dem Besitz von Gerhard Herdegen sein konnte. Und so weiter. In den dazugehörigen Befragungen ging man ziemlich direkt zu Werke.

Ein 45-jähriger Mann aus Weißensee, der irgendwie in den Verdächtigenkreis gekommen war, hatte einen Taschenrechner vom Typ MSI verkauft. Zu seinem Motiv sagte er aus: »Der Taschenrechner … war für mich zu kompliziert, und ich ließ ihn bis vorige Woche zu Hause in der Schublade liegen. Nun hatte ich vor einem Monat bei meiner Schwester 100 Mark Schulden gemacht und brauchte Geld, und deshalb habe ich den Taschenrechner zum A & V in der Brunnenstraße gebracht. Ich erhielt dafür 175 Mark ausgezahlt.« Nachdem klar war, dass es kein in Fahndung stehendes Gerät war, wurde er noch en passant nach seiner sexuellen Orientierung gefragt, nach seiner Freizeitgestaltung und nach homosexuellen Personen in seinem Freundes- und Bekanntenkreis. Und ob er ein Alibi für den Tatzeitraum hatte. Ja, er besaß eines, denn er verbrachte die Abende immer bis 22 Uhr in einer Kneipe in der Gürtelstraße.

Wir können es kurz machen: Die in Fahndung stehenden entwendeten Geräte und Gegenstände wurden nie aufgefunden.

Die Ermittlungen im sozialen Umfeld von Gerhard Herdegen waren umfassend und tiefgründig, denn irgendwo in diesem Geflecht konnte ja auch eine Spur verborgen sein, die zum Täter führte.

Natürlich nahm man auch die FISE genau unter die Lupe. Nach dem gewaltsamen Tod von Gerhard Herdegen gab es einen neuen DDR-Sekretär, und die drei Sekretäre im FISE-Hauptquartier in der Wilhelm-Wolff-Straße sowie weitere Mitarbeiterinnen und Mitarbeiter wurden befragt. Ein detaillierter *Fragespiegel für die durchzuführenden Befragungen auf der Arbeitsstelle des Opfers* gibt darüber Auskunft. Es gab Fragen zur Persönlichkeit des Opfers, zu den Wohn- und Familienverhältnissen, zur Freizeitgestaltung, zum Freundes- und Bekanntenkreis, zu den bevorstehenden Reisen und vor allen Dingen auch zu den Regimeverhältnissen auf der Arbeitsstelle:

- Vorgesetzte/Unterstellte/Arbeitsgebiet?
- Rechte und Pflichten?
- Umgang mit dem Dienst-Pkw, Zustand, Pflege seinerseits, Fahrverhalten?
- Regime mit den Zündschlüsseln, Zweitschlüsseln; Besonderheiten des Pkw?
- Darf er Pkw verborgen?
- Darf er Personen mit auf Dienstreise nehmen?
- Wie war die Finanzierung seiner Dienstreisen und deren Abrechnung – wo, bei wem?
- Einkommen monatlich, was bekam er an Spesen?
- Von wem Auftragserteilung erfolgt?

Alle Befragten wurden aufgefordert, sich zu erklären, was sie wo mit wem wann zur fraglichen Tatzeit gemacht hatten. In der Kriminalistik nennt man das bekanntlich Alibierforschung.

Da man am Tatort und im aufgefundenen Pkw exzellente Fingerspuren gefunden und gesichert hatte, wurden von allen befragten Personen in der FISE Fingerabdrücke genommen. Schon die Ankündigung dieser Maßnahmen hatte für einigen Wirbel gesorgt, aber keine diplomatischen Verwicklungen hervorgerufen. Letztlich gaben alle ihr Einverständnis. Schließlich ging es ja auch darum, sie als Täter auszuschließen. Und man kann es sich schon denken: Auch in der FISE fand man den Mörder nicht.

Wirbel gab es auch um den Dienstpass von Gerhard Herdegen, der zur ständigen Ausreise nach West-Berlin berechtigte. Am 17. August wurde in einer Sofortmeldung sein Diebstahl aus der Wohnung des Ermordeten durch einen Unbekannten angezeigt, einen Tag später aber gemeldet, dass der Dienstpass »im Bereich der Kaderabteilung des Betriebes« aufgefunden wurde. Offenbar vermuteten die Kriminalisten, dass sich der Pass von Gerhard Herdegen schon in der Wohnung befinden musste, da er bald in die ČSSR und nach Ungarn reisen wollte. Das war ein Irrtum, der keinen großen Schaden anrichten konnte.

In einem Aktenvermerk vom 7. März 1988 können wir sogar lesen, dass ein Inoffizieller Mitarbeiter (IM) der Hauptabteilung VII des MfS über das auffällige Verhalten eines MfS-Angehörigen berichtet hatte. Der damals 28-jährige Leutnant, der auch in Lichtenberg wohnte, soll seinen Dienst seit August 1987, also seit dem Mord an Gerhard Herdegen, unzureichend und nervös durchgeführt und Kontakt zu lesbischen Frauen gesucht haben. Darüber hinaus fragte er den IM, wie man ohne die Deutsche Volkspolizei schnell zu einem neuen Personalausweis käme und warum die Kriminalpolizei Ermittlungen in Lehnitz führe. Das alles war sehr verdächtig.

Operative Überprüfungsmaßnahmen wurden in Angriff genommen: legendierte Abdrücke des linken und rechten Daumens, Beschaffung der Blutgruppe durch den Zentralen Medizinischen Dienst (ZMD) des MfS, operative Prüfung seines Alibis und seiner Beziehungen zu Lehnitz, Besichtigung der Wohnung durch den IM mit dem Ziel zu erkunden, ob sich dort in Fahndung stehende tontechnische Geräte befinden. Der MfS-Leutnant war aber auch nicht der Mörder.

Blieb noch, um einen Gedanken der Hoffnung aufzugreifen, die massive Spurenlage am Tatort, die einen Erfolg versprechen konnte.

Im *Protokoll über die kriminaltechnische Tatortarbeit* vom 14. August 1987 mit dem Ziel der objektiven Beweisführung, beantragt vom Untersuchungsführer Hauptmann der K Schwarzrock, in Auftrag gegeben von Hauptmann der K Sindermann, wurden zunächst die Ergebnisse bereits vorgenommener Auswertung in der Gerichtsmedizin dargestellt. Nach einer Schilderung der Begehungsweise und Angaben zu Fotografien und Skizzen, nach der Aufzählung aller gesicherten Spuren und sachlichen Beweismittel (hier: siehe Anlage!), nach Angaben über Veränderungen am Untersuchungsmaterial und der Zeitangabe zur Spurensicherung am Ereignisort, hier vom 11. August bis zum 15. August durch die Einsatzgruppe KT unter der Leitung von Hauptmann der K Rudolph, MUK/KT, so wie es der Vordruck KP 11 e erforderlich machte, wurde in einem Punkt 7. das Vergleichsmaterial aufgelistet.

Danach wurden die Fingerabdrücke, Kopf-, Brust-, Achsel- und Schamhaare des Opfers bei der Obduktion im gerichtsmedizinischen Institut durch Hauptmann der K Rudolph gesichert; Fingerabdrücke (auf Vordruck KP 11) von der Ehefrau des Opfers, von seinem Sohn und dessen Frau standen ebenfalls als Vergleichsmaterial zur Verfügung, denn es galt ja auch, die Fingerspuren von diesen Tatortberechtigten im Rahmen der Tätersuche auszusondern.

Die Spurensuche und -sicherung sowohl in der Wohnung als auch am und im Pkw »Lada« war eine Sisyphusarbeit, ihr Ergebnis aber beeindruckend. Insgesamt zählt die Anlage zum *Protokoll über die kriminaltechnische Tatortarbeit* 126 Spuren auf!

Sie beginnt als Spur 1 mit einer daktyloskopischen Spur, die an einer 0,3-Liter-Flasche Diabetiker-Bier mittels Argentorat sichtbar gemacht und mit schwarzer Folie gesichert wurde.

Argentorat ist ein Pulver, dies zur Erklärung, das Silber enthält (Argentum = lat. Silber) und in der Regel latente Fingerabdruckspuren hervorragend sichtbar machen kann, insbesondere auf Glas, Steingut und Porzellan.

Als letzte Spur Nr. 126 ist ein Brieföffner aus Holz aufgeführt, den man in der Schrankwand des Wohnzimmers von Gerhard Herdegen vorfand.

Insgesamt waren 33 daktyloskopische Spuren gesichert worden, eine angerauchte Zigarette der Marke »Cabinet«, drei Zigarettenreste im Aschenbecher auf dem Couchtisch des Wohnzimmers, wobei nur noch der Filter vorhanden war, drei Zigarettenreste aus dem Pkw, jede Menge Faser- und Substanzspuren durch Prenaband (einem DDR-Produkt, heute vergleichbar mit Tesafilm) und zahlreiche persönliche Gegenstände von Gerhard Herdegen. Teilweise konnten an den gesicherten Gegenständen auch noch Fingerspuren gefunden werden.

An dem Auffinden und Sichern des Spurenmaterials war Hauptmann der K Lothar Wietzorreck entscheidend beteiligt. Ein Vollblutkriminaltechniker, wie er im Buche steht. Um seine Arbeit verstehen zu können, muss einiges Grundsätzliches zu den daktyloskopischen oder Fingerspuren oder, noch ein anderer Begriff, Papillarleistenspuren gesagt werden.

Diese Spuren werden verursacht, wenn Gegenstände oder andere Trägermaterialien mit den Händen oder Füßen berührt werden. Es gibt keine Übereinstimmung der Papillarleistenstrukturen bei zwei Menschen oder bei einzelnen Fingern (Handflächen, Zehen, Fußsohlen) ein und derselben Person, und diese Papillarleisten bleiben ein ganzes Leben lang als Muster stabil. Bei kleineren Verletzungen wachsen sie nach, bei größeren (bei Beschädigung der Keimschicht) entstehen Narben. Und für die Kriminalistik ist wichtig zu wissen, dass diese Papillarleistenstrukturen klassifiziert und damit registriert werden können. Das Ergebnis einer solchen Sammlung ist dann zum Beispiel eine 10-Finger-Abdruckkartei.

Das ist zwar eine wesentliche, aber nur eine Seite der Medaille. Die andere ist im Bereich der sogenannten operativen Spurenauswertung zu finden. Anhand des vermuteten Geschehens bei einer Straftat kann mit Wahrscheinlichkeit oder auch mit Sicherheit bestimmt werden, ob eine Fingerspur anhand der vorgefundenen Tatsituation eine Täterspur ist oder nicht. Außerdem fragen sich die Kriminalisten regelmäßig: Wie wurde die Fingerspur verursacht und welcher konkrete Entstehungsmechanismus liegt ihr zugrunde (Greifakt, Griffrichtung, flüchtige Berührung oder starker Druck)? Mit welchem Bereich der Papillarlinien wurde die Spur verursacht?

Zum Greifakt hat der ehemalige Hauptmann der K und 1. Offizier der MUK II in Berlin Bernd Bories, ein blendender Ermittler in der MUK von Thomas Sindermann, eine faszinierende Geschichte erzählt. Als Student an der Sektion Kriminalistik, also auf dem Wege zum Diplom-Kriminalisten, absolvierte er 1977 im 3. Studienjahr ein Praktikum beim Volkspolizeikreisamt Schwerin, Abteilung Kriminalpolizei – weil er von der Transportpolizei Schwerin zum Studium delegiert worden war.

In Lüblow südlich von Schwerin gab es gehäuft Anzeigen, dass am Tage aus den Häusern Geldbeträge entwendet worden waren. Dabei gestaltete sich das Eindringen nicht schwierig, denn alle im Dorf wussten, wo die anderen den Hausschlüssel »versteckt« hatten. Unter dem Fußabtreter, in einem Gefäß neben der Hauseingangstür usw.

Der Praktikant Bernd Bories rückte mit einem erfahrenen Kriminaltechniker aus, um den Sachverhalt aufzuklären und den oder die Täter zu ermitteln. Aus einer Schüssel mit Deckel, in der sich sonst gekochte Kartoffeln oder Eintopf befanden und in der man nun zweckentfremdet Bargeld aufbewahrte, fehlten um die 50 Mark. Der Deckel musste beim Diebstahl ja angehoben worden sein, und der Kriminaltechniker sicherte den frischen Abdruck eines Fingers auf dem Deckel, der nicht zu den berechtigten

Hausbewohnern passte. »Nun«, sagte er, »jetzt brauchen wir im Dorf von allen Leuten nur den rechten Daumen, und schon haben wir den Missetäter. Unter der Voraussetzung, dass es ein Rechtshänder ist, aber das sind doch die meisten.«

Gesagt, getan. Von allen Dorfbewohnern, ungefähr 50 Männern und Frauen, wurden von den rechten Daumen Vergleichsabdrücke genommen, und schon schnappte die Falle zu. Eine Frau war die Diebin, die sich der Verhaftung für kurze Zeit entzog, weil sie sich in ihrem Haus einschloss. In der Vernehmung gab sie dann alles zu und erklärte den Diebstahl von Teilbeträgen so: Einerseits fiel das nicht auf, als wenn sie das ganze Bargeld an sich gebracht hätte, und andererseits hatte sie auch Mitleid mit den Leuten, denn von irgendetwas mussten die ja auch leben. So waren sie halt, die Kleinkriminellen im Osten, sie nahmen sogar auf ihre Opfer Rücksicht.

Wir verlassen Lüblow und lassen die Geschehnisse in der Wohnung von Gerhard Herdegen noch einmal Revue passieren. Wir denken vor allen Dingen jetzt daran, dass der Mörder die aus dem Westen stammende Technik und andere Gegenstände, die im Fahndungsblatt komplett aufgeführt sind, aus den bisherigen Stell- und Ablageplätzen nehmen musste. Dort könnte er dann tatrelevante Spuren hinterlassen haben. Aber auch bei den zahlreichen Fingerspuren auf Flaschen und Gläsern, die nicht dem Opfer zugeordnet wurden, konnten ja mit großer Sicherheit welche vom Täter stammen.

Bernd Bories, der einen Tag später als die anderen Kriminalisten den Tatort aufgesucht hatte, erinnert sich noch heute sehr gut an den Fall und an ein Gespräch mit dem Kriminaltechniker. Dabei brachte der Hauptmann der K Lothar Wietzorreck seine Überzeugung zum Ausdruck, dass die daktyloskopische Spur an einer Schnapsflasche mit der Aufschrift »Privat«, die, wie bekannt, im Wohnzimmer unter dem Couchtisch stehend vorgefunden wurde, hundertprozentig vom Mörder stamme. Später bekam diese Spur die Nummer 6.

Und weil dies so ist mit der operativen Spurenauswertung, wurde das ganze Konvolut von Spuren den Kriminaltechnikern übergeben mit der Bitte, das Material gutachterlich operativ auszuwerten.

Dass die Tötung von Gerhard Herdegen eine große politische Brisanz in der DDR hatte, war schon daran zu erkennen, dass der Bericht der Kriminaltechnik (Dezernat IV) im Präsidium der Volkspolizei Berlin vom 27. August 1987 so abgefasst wurde, dass er auch bei übergeordneten Stellen Bestand haben konnte. Denn Oberstleutnant Nedwig als Leiter des Dezernats IV war der Sohn von Generalmajor Helmut Nedwig, der als Chef der Hauptabteilung Kriminalpolizei der oberste VP-Kriminalist in der DDR war.

Der achtseitige *Bericht über operative Spurenauswertung*, so der genaue Titel, wurde von Oberstleutnant der K Nedwig, dem Leiter des Dezernats IV, bestätigt. An den Untersuchungen waren Gerichtsbiologen und Sachverständige für Daktyloskopie sowie Trassologie beteiligt.

Wir wollten diesen fachlich ausgezeichneten Bericht analysieren und ergründen, welche Ergebnisse in der weiteren kriminalistischen Arbeit einen Ermittlungserfolg versprachen.

Auf dem Gebiet der Daktyloskopie wurden zuerst die unbrauchbaren Spuren benannt, und das war schon eine ganze Menge. Da auch die Vergleichsabdrücke des Opfers und weiterer zehn Personen vorlagen, konnte nachgewiesen werden, dass 20 Fingerspuren (komplette Abdrücke oder Teilabdrücke) vom Opfer verursacht worden waren, auch die Spur 1, die vom rechten Zeigefinger stammte. Andere Tatortberechtigte, von denen Vergleichspuren vorlagen, hatten in drei Fällen die Fingerspuren gelegt. Weiter heißt es in der gutachterlichen Stellungnahme durch den Hauptmann der K Trost, Sachverständiger für Trassologie: »Zur weiteren Vergleichsarbeit verbleiben Teilabdrücke der Spuren 6 und 16 sowie die Spuren 21, 25, 27, 28 und 100a. Ob die Spuren 25 und 100a zur Identifizierung des Verursachers ausreichen, kann erst nach Vorlage des entsprechenden Vergleichsmaterials entschieden werden. Bei den angeführten Spuren handelt es sich um Teilabdrücke von Fingerendgliedern (Schlingen- und Wirbelmuster) und einen Teil Teilhandflächenabdruck (Spur 27). Zwischen vorliegenden Vergleichsmaterialien … und den offenen Papillarleistenspuren wurde keine Übereinstimmung festgestellt.«

Der Trassologe hatte lediglich den mit Spur 68 gekennzeichneten Einbau-Doppelzylinder zu untersuchen, da keine Schuheindruck- oder Abdruckspuren usw. gesichert werden konnten. Der Sachverständige für Trassologie Hauptmann der K Frank machte dennoch eine ganz wichtige Aussage, nämlich dass am Schloss keine Spuren eines schlossfremden Schließwerkzeuges feststellbar waren. Das hieß mit anderen Worten, dass Gerhard Herdegen seinen Mörder freiwillig mit in seine Wohnung genommen hatte.

Die biologischen Untersuchungen durch das Team von Diplom-Lehrer und Oberleutnant der K Fränkler, Hauptmann der K Diplom-Biologe Jauert und Frau Hauptmann der K Diplom-Biologe Menzer waren aufwendig, kompliziert und ergebnisreich.

An den Zigarettenresten der Marke »Cabinet« und »Dunhill« wurden A-Blutgruppensubstanzen festgestellt, auch ein Ausscheider von AB-Gruppensubstanzen war nicht auszuschließen. »Unter der Voraussetzung, dass der Geschädigte … die Spuren 87-89 mitgeraucht hat, kommt als Mitraucher ein Ausscheider von A- und AB-Gruppensubstanzen in Frage, da der Geschädigte Ausscheider von B-Gruppensubstanzen ist. (Mitteilung des Untersuchungsorgans.)«

An den Prenabandabzügen von der linken Handinnenfläche und von der Handkante des Opfers und von anderen Stellen wurden zahlreiche rote, lilarote, blaue, farblose schwarzbedruckte, braungrüne, dunkelgraue und blaue indigogefärbte Baumwollfasern identifiziert, an den Prenabandabzügen vom Slip des Geschädigten wurden ebenfalls zahlreiche Fasern gesichert, die nicht den Vergleichsmaterialien aus dem häuslichen Milieu entsprachen. Heißt auch, dass diese Fasern von der Bekleidung des Mörders stammen mussten. An den Prenabandabzügen vom Sessel an der Fensterseite wurden in großer Anzahl derartige blaue, blaue indigogefärbte sowie dunkelgraue hausfremde Fasern festgestellt, die auf einen möglichen Tatbezug hindeuteten.

Das Ergebnis ihrer Untersuchungen fassten die Experten zusammen: »Den Vergleichsproben des Milieus nicht entsprechende Fasern

lilarote Baumwoll-Fasern
dunkelgraue Baumwoll-Fasern
braungrüne Baumwoll-Fasern
blaue (indigogefärbte) Baumwoll-Fasern

sind unter anderem in Baumwoll-Hosen und -jacken, Kord-Hosen und -jacken, Oberhemden, Nickis, Hemdblousons, Sportbekleidung (und Jeansbekleidung) verarbeitet und sind für Vergleichsuntersuchungen geeignet.

Dagegen wurden Haare, die den Haaren der Vergleichsproben des Opfers nicht entsprechen, weder an den Fingernagelrändern noch auf den Prenabandabzügen noch an der Gurke (Spur 74) festgestellt.«

Sollte sich ein Verdacht gegen eine Person ergeben, so die Aufforderung des Gutachterteams, sind, damit Identifizierung oder Ausschluss erfolgen können, ein Fingerabdruckbogen, eine Blut- und eine Speichelprobe sowie »Bekleidungsgegenstände« einzusenden.

Ach ja, die Gurke, Spur 74. Sie wurde im Protokoll über die kriminaltechnische Tatortarbeit genau beschrieben: »Haarspur, an einem etwa 10 cm langen Gurkenstück, welches auf dem Fußboden der Schlafstube der Wohnung … im Bereich der Füße des Opfers vorgefunden wurde, abpräpariert und in Petrischale gesichert.« Genau wurde das Gurkenstück unter dem rechten Knie gesichtet und mitgenommen. Wie es ins Schlafzimmer kam und was damit angestellt wurde, kann nur vermutet werden. Hier ersparen wir uns aber jeglichen Kommentar.

Selbstverständlich fahndete auch das Ministerium für Staatssicherheit mit, konkret die Abteilung 14 der Hauptabteilung VII, die die Fahndungsgruppe des MfS war. Am 23. September 1987 hatte Generalmajor Büchner, Leiter der Hauptabteilung VII, für die Polizei zuständig, um Unterstützung bei der Fahndung nach dem Mörder von Gerhard Herdegen gebeten, wobei folgende Komplexe beachtet werden sollten:

»1. Wer hat in der Nacht vom 09.08. zum 10.08.1987 eine verdächtige männliche Person im oder vor dem [Haus von Gerhard Herdegen] mit Koffer oder ähnlichem Gegenstand gesehen bzw. zu dieser Zeit mit einem blauen Lada ruckartig wegfahren sehen.

2. Wer hat eine unbekannte männliche Person in Lehnitz, Nähe Adlerweg 17 beim Verlassen eines blauen Lada mit Koffer oder auf dem Wege zum Abstellort des Pkw gesehen. Wer kennt Personen, die sich zu dieser Zeit in dieser Straße aufgehalten haben.

3. Wer kennt Personen, die seit dem 9. bzw. 10.8.1987 im Besitz von in der Anlage genannten Gegenständen sind, diese beabsichtigen zu verkaufen oder verkauft haben.

4. Nutzung der Möglichkeiten der Befragung, Abschöpfung oder Beauftragung von spezifischen Kräften, die in homosexuellen Kreisen verkehren, Personen kennen, die evtl. mit [Gerhard Herdegen] verkehrt haben bzw. in Berlin-Friedrichshain ihre Kontaktaufnahmen tätigen.

5. Bei durchzuführenden Ermittlungen, Befragungen,

Durchsuchungen in Wohnungen und Gebäuden sollten die sich in der Anlage aufgeführten Gegenstände Berücksichtigung finden.«

In einem Untersuchungsauftrag der Hauptabteilung IX/7 schon vom 3. September 1987 an den Operativ-Technischen Sektor (OTS), Abteilung 32/TU, wurden »sieben daktyloskopische Spurenfotogramme« übergeben und gebeten, diese sieben offenen, am Tatort gesicherten Spuren mit der Zehnfingersammlung des MfS zu vergleichen. Leider musste der Operativ-Technische Sektor passen. Schon am 8. September 1987 wurde das folgende Schreiben abgesetzt:

»Bezugnehmend auf Ihren Untersuchungsauftrag, Tgb. Nr. 170/87, vom 03.09.1987 wird mitgeteilt, dass eine Überprüfung der vorgelegten Papillarleistenspuren in der daktyloskopischen Sammlung des MfS nicht durchführbar ist, da es sich bei dieser um eine Zehnfingerabdrucksammlung handelt, die nach Registrierprinzipien der 10-Fingerabdruck-Formel aufgebaut ist und die nicht auf der für derartige Überprüfungen erforderlichen Mono-Fingerabdruck-Klassifikation beruht.«

Im und am Pkw wurden zusätzlich zwölf Boden- und Staubspuren gesichert, zum Beispiel auf dem Gaspedal festgetretenes Material, loses Material von der Fußmatte hinter dem Beifahrersitz und unterhalb des Kupplungspedals befindliche Substanzen. Diese Spuren, bezeichnet mit B 1 bis B 12, konnten dem ersten Abstellort des Pkw zugeordnet werden und waren somit zur Täterfindung nicht dienlich.

Was wäre noch zu tun, nachdem alle Möglichkeiten, den Täter zu ermitteln, gescheitert waren? Gab es eine geniale Strategie, die den Fall letztlich noch aufklären konnte? Allmählich resignierten die Fallanalytiker, Fahnder, Techniker und Spezialisten. Trotz eines hohen Ermittlungsaufwandes und vieler hochintelligenter und gut ausgebildeter Kriminalisten blieb der Mörder von Gerhard Herdegen unauffindbar, ja, nicht einmal eine halbwegs heiße Spur hatte sich auf dem mühevollen Weg zur Erkenntnis ergeben.

Insgesamt wurden über 4.000 Personen überprüft, und von mehr als 1.600 Personen wurden zu Vergleichszwecken Fingerabdrücke genommen. Dennoch – der Fall galt als für immer und ewig ungelöst. So wurde das Ermittlungsverfahren bei der Deutschen Volkspolizei vorläufig eingestellt.

Auch das MfS legte den Fall am 23. November 1989 zu den Akten. Der genannte Vorgang, bestehend aus zwei Bänden mit einem Gesamtumfang von 424 Seiten, wurde nicht gesperrt, also offen abgelegt. Die Ablage war mit zehn Jahren befristet worden.

Überliefert ist auch zu diesem Fall die Karteikarte aus der Aufstellung von ungeklärten Tötungsdelikten, die zum Ende der DDR erarbeitet wurde. Darauf sind alle Tatmerkmale exakt beschrieben worden: »Am 11.8.1987 in seiner Wohnung tot aufgefunden, nur mit Slip bekleidet. Todesursache: stumpfe Gewalteinwirkung auf den Hals, Todeszeit: Abend- und Nachtstunden des 9.8.1987. Hohe alkoholische Beeinflussung. Daktyloskopische Spur gesichert.«

Auf die werden wir noch zurückkommen.

Die Vernehmung bei einer Mordkommission der Berliner Kriminalpolizei im Juni 1995 gestaltete sich schwierig, aber freundlich und ruhig. Der Vernehmer Thomas Wieke hatte dem Vernommenen Platz angeboten und dazu noch ein Glas Mineralwasser.

»Schon wieder ein neuer Vernehmer. Was soll ich denn noch angestellt haben?«, fragte Ricardo Müller, der einen Schluck Wasser zu sich nahm.

»Das wollen wir ja klären. Wir stellen einfach Fragen, und Sie antworten. Das ist der Deal. Nicht mehr und nicht weniger.«

Ricardo Müller leerte jetzt sein Glas in einem Zug und wartete geduldig, welche Gestaltung das Gespräch nun annehmen würde. Vorsichtshalber schwieg er erst einmal.

»Ich heiße Thomas Wieke, bin Mitarbeiter der Mordkommission und möchte mit Ihnen einen Sachverhalt klären.«

»Hmm …«

Ricardo Müller spürte schon, dass er dem Mann gegenüber auf der anderen Seite des Schreibtisches keinen Widerstand entgegensetzen konnte, wenn er erst einmal so richtig loslegte. Da war es besser, gar nichts zu sagen oder in eine leichte Offensive zu gehen.

»Warum befragen Sie mich jetzt?«

»Ich möchte wissen, was Sie im Sommer 1987 so alles gemacht haben. Genauer, Anfang oder Mitte August 1987.«

»Keine Ahnung … Ich glaube, da habe ich noch in Lehnitz bei der NVA gedient. Als Unteroffizier im Artillerie-Regiment 1. Das ist schon lange her.«

»Damals waren Sie 21?«

»Genau. Kann ich noch ein Glas Wasser haben?«

»Sofort. Hatten Sie des Öfteren Ausgang? Was machten Sie dann, wenn Sie die Kaserne verlassen hatten?«

»Meistens war ich in Oranienburg zum Tanz oder so. Was man so macht, wenn man bei der Fahne dient. Da war doch jeder Ausgang wie eine Befreiung. Aber das war ja schon damals nicht strafbar.«

Das Telefon klingelte, und Thomas Wieke sprach offenbar mit einem Vorgesetzten. Jedenfalls musste Ricardo Müller das annehmen, denn gewichtig waren die Worte und Gesten des Kriminalisten. »Ja, am 9., 10. und 11. August. Ja, wird gemacht.«

»Kann ich noch ein Glas Wasser haben?«

»Sofort.« Thomas Wieke spendierte noch ein Glas Wasser. Und er hakte nach: »Was haben Sie am 9., 10. und 11. August in den Abendstunden gemacht.«

»Das weiß ich doch nicht mehr«, antwortete Ricardo Müller etwas empört. »Wenn ich Sie fragen würde, was Sie vor zehn Jahren an diesem oder jenem Tag gemacht haben, das wissen Sie doch auch nicht mehr. Oder?«

»Nun ja, es gibt Erlebnisse und Geschehnisse, die man ein Leben lang nicht vergisst. Und manchmal kann man sogar sagen, wann genau das passiert ist. In positiver als auch in negativer Hinsicht. Glauben Sie mir das.«

»Ich weiß wirklich nicht, was Sie von mir wollen. Leider, aber es ist so.«

»Weshalb sitzen Sie jetzt in Untersuchungshaft?«

»Das wissen Sie doch, das steht doch in den Akten.«

»Ich möchte das aber gern von Ihnen hören.«

»Na, um Betrug. Ein paar Darlehensgeschäfte sind

nicht so gelaufen, wie ich es mir vorgestellt hatte«, sagte der kaufmännische Angestellte Ricardo Müller mit einiger Verzögerung.

»Das haben Sie aber sehr schön umschrieben.«

»So bin ich nun mal.«

»Wir sind jetzt bei der Mordkommission, können Sie da auch etwas sehr schön umschreiben? Können Sie sich in diesem Zusammenhang an etwas erinnern, was mit Ihnen oder durch Sie passiert ist?«

»Nö, ich kann mich an nichts erinnern.«

In die entstandene Pause lärmte wieder das Telefon. »Ja, ich komme«, sagte Thomas Wieke zu dem Anrufer und verließ den Verhörraum. Ricardo Müller wusste schon, dass er jetzt beobachtet werden würde.

Als Thomas Wieke nach einer Viertelstunde zurückkam, rekelte er sich auf seinem Stuhl, legte die Handflächen aneinander und sagte trocken, aber freundlich: »Wir haben doch von Ihnen ganz aktuell in der anderen Sache Vergleichsproben von Ihren Fingern genommen. Und nun haben wir eine Fingerspur in Zusammenhang mit einem Mordfall vor acht Jahren gefunden, die hundertprozentig von Ihnen stammt. Können Sie sich jetzt erinnern?«

Es blieb sehr lange still. Man sah Ricardo Müller an, dass er sich jetzt ganz unwohl fühlte. Die Röte stieg ihm ins Gesicht, und er begann zu schwitzen.

Schließlich sagte er mit einiger Erregung: »Das kann nicht sein. Auf keinen Fall.«

Die erfahrenen Kriminalisten wissen: Körperliche Reaktionen beweisen nichts. Man kann aus Wut rot anlaufen, weil man bei einer Sache ertappt wurde oder weil man es unerhört findet, dass man solchen Verdächtigungen ausgesetzt wird. Es gibt für die Interpretation des Ausdrucks keine feststehenden Regeln, weil eine einfache Zuordnung von äußeren Symptomen zu psychischen Äquivalenten einfach nicht möglich ist. Die Mehrdeutigkeit und Individualität dieser Ausdrucksäußerungen und die Unmöglichkeit, sie fehlerlos zu deuten, gestatten es eben nicht, ihnen Bedeutung für die Beweiserhebung zuzumessen.

Das wusste auch Thomas Wieke.

Sie hielten sich noch gut eine Stunde bei diesem Thema auf, aber ein Ergebnis war nicht in Sicht. Ricardo Müller hatte natürlich mit einem Mord nichts zu tun. Er leugnete hartnäckig, und allmählich nahm er wieder eine einigermaßen selbstsichere Haltung ein.

Nachdem auch diese Zeit verstrichen war, kam ein Beamter in das Vernehmungszimmer und reichte Thomas Wieke einen Zettel. Der Vernommene konnte nicht erkennen, was auf dem Zettel stand. Der andere Beamte setzte sich über Eck auf einen Stuhl. Für Ricardo Müller war er gefährlich, denn er wirkte wie ein feinsinniger Beobachter, der ein grausames Richtschwert über ihn hielt.

»Wir haben heute Ihre Wohnung noch einmal durchsucht und fast alles gefunden, was nach dem Mord mitgenommen wurde. Den Kassettenrecorder ›Sharp‹ mit der Gerätenummer 70 409 754 gehörte einmal dem Mordopfer. Erinnern Sie sich jetzt ein wenig mehr«, sagte Thomas Wieke, wobei er die Gerätenummer vom Zettel ablas.

Der Schlag hatte gesessen, und Ricardo Müller rückte Schritt für Schritt mit Teilen seiner Wahrheit heraus. Oder mit dem, was er für seine Wahrheit hielt.

Nach seiner Darstellung hatte er den ihm unbekannten Gerhard Herdegen an dem besagten Tage in der Biergaststätte »Zum Tender« im Untergeschoss des Bahnhofes Berlin-Lichtenberg getroffen.

Berlin-Lichtenberg 1983, www.mitropa-freunde.de

Nach der Schließung des Nordbahnhofes wurde Berlin-Lichtenberg der wichtigste Fernbahnhof in der Hauptstadt der DDR. Ende Februar 1982 wurde das neue Empfangsgebäude in Betrieb genommen, und damit auch die Biergaststätte »Zum Tender« eröffnet. Wir erfahren aus der Chronik des Bahnhofes, dass 1987 152 Züge auf dem Plan standen, täglich ca. 175.000 Reisende wurden auf dem Bahnhof Berlin-Lichtenberg gezählt. Da kann man sich gut vorstellen, dass die Bahnhofsgaststätten einen regelrechten Ansturm zu bewältigen hatten. Da war es gar nicht so einfach, einen Platz in der Kneipe »Zum Tender« zu bekommen.

Ricardo Müller fand noch einen freien Stuhl an einem Zwei-Mann-Tisch, an dem schon ein älterer Herr Platz genommen hatte. Er schien leicht angetrunken zu sein, und auch Ricardo trank ein Bier nach dem anderen. Wenn der Wein hinabsinkt, steigen die Worte hinaus, wussten schon die Altvorderen. Beim Bier war es nicht anders. Sie kamen ins Gespräch und sprachen mehr über die Welt als über Gott. Dabei tranken sie zusammen, und zu später Abendstunde bot der ältere Herr, der sich als Gerhard vorstellte, ihm an, in seine nicht weit entfernte Lichtenberger Wohnung mitzukommen; da könnten sie halt in aller Ruhe weitertrinken und diskutieren.

Sie gingen also in die Harnackstraße in Gerhards Wohnung, und zur Abwechslung tranken sie jetzt Rotwein und Weinbrand der Marke »Privat« aus Weingläsern.

Was dann ganz genau geschah, ließ sich weder im Ermittlungsverfahren noch im Prozess vor Gericht ermitteln. Jedenfalls soll der homosexuell veranlagte Gerhard den Ricardo »angemacht« und versucht haben, den schlanken, dunkelhaarigen, damals 21-jährigen gut aussehenden Ricardo »ins Bett zu bekommen«, um an oder mit ihm im Schlafzimmer sexuelle Handlungen vornehmen zu können. Gerhard Herdegen soll gegenüber dem jungen Mann auch Gewalt angewendet haben. Dieser wisse nur noch, dass das Opfer auf ihm lag. »Ich spüre noch den Druck«, sagte Ricardo später vor Gericht aus.

Ricardo wehrte sich vehement, angeekelt von Gerhards Vorhaben, schlug und trat auf ihn ein. Auch an ein Kabel erinnerte sich der frühere NVA-Unteroffizier. Mit diesem

Kabel soll Gerhard Herdegen erdrosselt worden sein, was aber nicht bewiesen werden konnte. Das Drosselwerkzeug war entweder unauffindbar, oder es gab es einfach nicht. Als Knebel benutzte der sportliche Ricardo eine Socke des Wohnungsinhabers.

Das Opfer war durch den übermäßigen Alkoholgenuss ohnehin wehrlos. Diese blaue Herrenkurzsocke (Spur 70) wurde am 12. August 1987 im Institut für gerichtliche Medizin aus dem Mund-Rachen-Raum der Leiche von Gerhard Herdegen im Original gesichert.

Ricardo Müller konnte sich angeblich nur bruchstückhaft an diese vergangenen Ereignisse erinnern. Nach der Tat will er die Wohnung gereinigt haben. Aber die Spur 6, diese mittlerweile schon berühmte Spur, von der der Kriminaltechniker Lothar Wietzorreck schon siegessicher behauptete, dass die zum Täter führen wird, wischte er nicht ab. Das sollte sein Verhängnis werden.

Nach dem Mord packte er unter anderem den eben genannten Radiorecorder ein und fuhr mit dem Auto seines Opfers fort. Nach Lehnitz, wo er als Unteroffizier im Artillerie-Regiment 1 diente. Er lud seine Fracht aus und brachte sie unbemerkt in die Kaserne. Dann stellte er den »Lada« an der schon beschriebenen Stelle zwischen den S-Bahnhöfen Lehnitz und Borgsdorf ab.

Niemand verdächtigte ihn, weil er sich an jenem Tag abends aus der Kaserne geschmuggelt hatte. Da nur die Soldaten, Unteroffiziere und Offiziere alibimäßig überprüft wurden, die sich ihren Ausgang hatten genehmigen lassen, kam Ricardo Müller nicht in das Fadenkreuz der Ermittler.

Sein Geständnis im Ermittlungsverfahren wiederholte er am 20. Dezember 1995 vor dem Berliner Landgericht. Er wurde wegen Körperverletzung mit Todesfolge zu einer Freiheitsstrafe von dreieinhalb Jahren verurteilt. Die Anklage des Staatsanwaltes lautete noch auf Totschlag.

Da die Tat 1987 verübt worden war, bezog sich das Gericht in seinem Urteil auf § 117 Strafgesetzbuch der DDR (Körperverletzung mit Todesfolge): »Wer durch die vorsätzliche Körperverletzung den Tod des Verletzten fahrlässig verursacht, wird mit Freiheitsstrafe bis zu zehn Jahren verurteilt.«

Nach acht Jahren wurde die Tötung von Gerhard Herdegen endlich gesühnt.

In der Mordsache Maria Meißner, die wir zuerst erzählt haben, waren die Brandenburger Kriminalisten hervorzuheben, die sich mit den sogenannten Altfällen beschäftigten. Hier soll nun den Berliner Altfallspezialisten Anerkennung ausgesprochen werden. Dank neuer und verbesserter Verfahren, technischer Ausstattung und Hilfsmitteln, wie zum Beispiel die Identifizierung durch DNA-Spuren, konnte auch hier der Altfall Gerhard Herdegen viele Jahre später geklärt werden – dank eines neuen Fingerabdruckvergleichsverfahrens. Die wissenschaftlich-technische Entwicklung wurde so Ricardo Müller zum Verhängnis, denn sonst wäre man ihm niemals auf die Spur gekommen.

Einiges blieb aber im Verfahren ungeklärt. Der Beitrag des Täters zur Konfliktsituation im Schlafzimmer des späteren Opfers blieb im Dunkeln. Die nur bruchstückhafte Erinnerung an das, was in der Harnackstraße in Berlin-Lichtenberg geschah, klang bei Ricardo Müller nicht sehr glaubhaft. Aber diese verzwickte Beweislage war wohl auch der Grund dafür, dass ihn das Gericht nicht wegen Totschlags zu einer viel höheren Freiheitsstrafe verurteilt hat. Ungeklärt blieb auch, wer den »Lada« der FISE in Lehnitz »umgesetzt« hatte.

Der Casus Gerhard Herdegen, der seine Karriere im Volksbildungsministerium der DDR wohl wegen seiner Neigung zu Männern und Alkohol aufgeben und zur FISE wechseln musste, hatte mit dem Gerichtsurteil aber wenigstens einen einigermaßen versöhnlichen Abschluss gefunden.

»Alles, was man für einen Krimi braucht, sind ein guter Anfang und ein Telefonbuch, damit die Namen stimmen«, meinte der bekannte belgische Romancier, der Autor psychologisch geschickt gestrickter Kriminalromane und Vater von »Kommissar Maigret« Georges Simenon. Wir haben seinen Rat beherzigt und am Anfang das Berliner Fernsprechbuch aus dem Jahr 1986 bemüht. Das war aber nicht der Anfang unserer Geschichte. Die Ereignisse, die vor fast 30 Jahren ihren Lauf nahmen und in unsere Zeit herübergeweht sind, waren dramatisch. Die Sache wäre fast in Vergessenheit geraten, hätte nicht der Kriminaltechniker Lothar Wietzorreck die nun berühmte Spur 6 sicher als Täterspur identifiziert, gesichert und dem Vorgang beigefügt. Das war der Anfang von allem. Ihm wollen wir deshalb ein Denkmal setzen, weil er der Gerechtigkeit mit fachlicher Meisterschaft zum Siege verhalf.

Literatur

Akten BStU: HA IX 10727 (Tod am Autobahnsee); GH 250/85 Bde. 1 und 2, GH 122/85 Bde. 1, 2, 5, 6, 10, 11, 14, 15, 16, 17, 18, 19 und 21 (Die Tote von Wandlitz); HA I 5115, HA IX 1070, HA IX 4727, HA IX 13916, HA PS 5149, AGMS 53/89, AU 13452/89 Bde. 1 und 2 (Tod eines Funktionärs)

Brandt, Horst: Ein Auge fürs Detail. In: Blind Date mit dem Tod. Authentische Kriminalfälle. Militzke Verlag. Leipzig 2008, S. 99-124

Dürrenmatt, Friedrich: Der Richter und sein Henker. 3. Aufl. Verlag Philipp Reclam jun. Leipzig 1975 (Reclams Universal Bibliothek Bd. 347)

Eichner, Klaus: Die Schüsse von Dölln. Eine Fallstudie. spotless im Verlag Das Neue Berlin. Berlin 2012

Handbuch für Kriminalisten. Ministerium des Innern. Publikationsabteilung. Berlin 1982

Kauczinski, Detlef: Zur DNA-Analyse im Fall Maria Meißner (1995). Persönliche Mitteilung vom 1. Juni 2015

Keikus-Wilms, Claudia: Verschleppt, missbraucht, getötet. Eine Polizeireporterin berichtet. Schwarzkopf & Schwarzkopf Verlag GmbH. Berlin 2014

Koch, Peter-Ferdinand: Enttarnt. Doppelagenten: Namen, Fakten, Beweise. Ecowin Verlag. Salzburg 2011

Menzer, Frank: Forensische Biologie. In: Horst Clages (Hrsg.): Der rote Faden. Grundsätze der Kriminalpraxis. 12. Auflage. Kriminalistik Verlag. Heidelberg 2012 (Grundlagen Kriminalistik), S. 359-392

Sarge, Günther: Im Dienste des Rechts. Der oberste Richter der DDR erinnert sich. edition ost. Berlin 2013

Weber, Edmund: Ablösung mit Waffengewalt in Dölln? Das ist absoluter Unsinn. In: Egon Krenz (Hrsg.): Walter Ulbricht. Zeitzeugen erinnern sich. Das Neue Berlin. Berlin 2013, S. 581-587

Wikipedia: Walter Ulbricht (Zugriff am 10.06.2015)

Wirth, Ingo, und Remo Kroll: Morduntersuchung in der DDR. Verlag Dr. Köster. Berlin 2014, S. 190-195 (Schriftenreihe Polizei. Studien zur Geschichte der Verbrechensbekämpfung. Band 3. Herausgegeben von Ingo Wirth und Remo Kroll)

Wirth, Ingo, und Mike Rößler: Probleme der Beweisführung bei einem Sexualmord. Tataufklärung nach mehr als 15 Jahren. Kriminalistik 6/2008, S. 348-354

Diverse Zeitungsartikel, zum Beispiel Katrin Bischoff: Die Spur auf dem roten Rock. Berliner Zeitung vom 6. August 2004; Fred Hasselmann und Lutz Schnedelbach: Nach sieben Jahren: Kripo klärt Mord an DDR-Funktionär. Berliner Zeitung vom 24./25. Juni 1995, S. 17; Claudia Keikus: Nach 15 Jahren: Mord an Maria geklärt. Berliner Kurier 13. Dezember 2003; M. Lukaschewitsch: Mord an Maria Meißner nach 16 Jahren gesühnt. Berliner Morgenpost 14. Oktober 2004; sav: Ex-Soldat gesteht Tötung von DDR-Funktionär. Berliner Zeitung vom 21. Dezember 1995

Abkürzungen

ABV	Abschnittsbevollmächtigter
BDVP	Bezirksbehörde der Deutschen Volkspolizei
BRD	Bundesrepublik Deutschland
BStU	Der/Die Bundesbeauftragte für die Unterlagen des Staatssicherheitsdienstes der ehemaligen DDR
ČSSR	Československá socialistická republika = Tschechoslowakische Sozialistische Republik
DDR	Deutsche Demokratische Republik
DHG	Diensthabende Gruppe (der Kriminalpolizei)
DNA	Desoxyribonucleic acid
DNS	Desoxyribonucleinsäure
DRK	Deutsches Rotes Kreuz
DTSB	Deutscher Turn- und Sportbund
DVP	Deutsche Volkspolizei
EDV	Elektronische Datenverarbeitung
EMUK	Erweiterte Morduntersuchungskommission
FDGB	Freier Deutscher Gewerkschaftsbund
FISE	Fédération Internationale Syndicale de l'Enseignement
FKK	Freikörperkultur
GSSD	Gruppe der sowjetischen Streitkräfte in Deutschland
GST	Gesellschaft für Sport und Technik
HA	Hauptabteilung
IM	Inoffizieller Mitarbeiter
IQ	Intelligenzquotient
K	Kriminalpolizei
KI	Kriminalistisches Institut
KP	(Vordruck der) Kriminalpolizei

KPdSU	Kommunistische Partei der Sowjetunion
KT	Kriminaltechnik
LKA	Landeskriminalamt
MdI	Ministerium des Innern
MfS	Ministerium für Staatssicherheit
MSZE	Mitteleuropäische Sommerzeit
MUK	Morduntersuchungskommission
NVA	Nationale Volksarmee
StGB	Strafgesetzbuch
ODH	Operativer Diensthabender
OTS	Operativ-Technischer Sektor
PdVP	Präsidium der Volkspolizei
SED	Sozialistische Einheitspartei Deutschlands
StPO	Strafprozessordnung
VEB	Volkseigener Betrieb
VP	Volkspolizei
VPKA	Volkspolizeikreisamt
VVB	Vereinigung Volkseigener Betriebe
ZK	Zentralkomitee
ZMD	Zentraler Medizinischer Dienst
ZMK	Zentrale Meldekartei
ZSKR	Zentralstelle für Kriminalistische Registrierung